Daniela Alge

Wolfsmörder
Kriminalroman

Daniela Alge, geboren 1975 im Bregenzerwald und aufgewachsen in Bizau, lebt heute mit ihrem Mann und drei gemeinsamen Kindern auf einem Hof bei Wangen im Allgäu. Im Lesen und Schreiben findet die gelernte Pädagogin ihre kleinen Auszeiten vom Alltag.
Bisher erschienen:
Kathrinatag (Verlag federfrei, 2013)
Fehltritt mit Folgen (Verlag federfrei, 2014)

»Ich möchte sonst nirgends, nirgends, sein,
so gern war ich im Wald daheim.«

Am 24. September 2014 hat ein Wolf zum
zweiten Mal innerhalb einer Woche im
Bregenzerwald ein Schaf gerissen.

Infolgedessen entwickelten sich unter
den Einheimischen hitzige Diskussionen.
Das kurze Interview mit einem Bauern aus der Region
in den Fernsehnachrichten vom selben Abend
blieb mir in bleibender Erinnerung:
„*Wenn keine geeigneten Maßnahmen ergriffen werden,
helfen wir uns selbst!*«

Alle Personen und Vorkommnisse in meinem Roman sind frei erfunden, auch wenn, abgesehen vom Kohlbachhof, alle Schauplätze mit der Wirklichkeit übereinstimmen.

Samstag, 9. Mai

Nebelschwaden umhüllten den nackten Fels des Ifen, als wollten sie ihn vor zu neugierigen Blicken bewahren. Das weitläufige, zerklüftete Plateau zu Füßen des markanten Gipfels wirkte unter dem verwehten Neuschnee friedlich und sanft. Die Bewohner des Bregenzerwaldes nannten diese Region »Gottes Acker«.

Waldinger musterte die in der Ferne liegende Hochebene. Immer wieder verschwanden Wanderer in den unübersichtlichen Spalten und Höhlen des Kalksteinmassivs. Die meisten der Vermissten tauchten nicht mehr auf.

Er wandte seine Augen vom grauen Horizont zu seinem Sohn, mit dem er heute in Hinteregg eingeteilt war. Der frische Wind bauschte ihre orangefarbenen Westen auf und zerrte an dem Plastiksack, in den Martin einige leere Pappbecher steckte. Martin stopfte den Müllsack in einen Karton, stützte sich an den Biertisch und hielt den roten Sonnenschirm fest. Dieser diente weniger als Schattenspender für die zwei Streckenposten denn vielmehr als Leuchtboje für die Sportler, die trotz des trüben Wetters in dieser abgelegenen Gegend unterwegs waren. Waldinger verschränkte die Arme über seiner Sicherheitsweste, lehnte sich neben Martin, und in stiller Eintracht warteten sie auf die nächsten Athleten des Bizauer Trail-Laufs.

»Ist sie das?« Waldinger nahm sein Fernglas zur Hand und stellte scharf. Er erkannte matschverspritzte Damenwaden in undefinierbaren Schuhen, ein schmutzig rotes Sportlerdress, die Startnummer dreiunddreißig, seine Kollegin.

»Sie ist es.«

Er holte einen frischen Becher aus der Papierschachtel unter dem Tisch und füllte ihn am Hahn des Plastikfasses mit Wasser. Dann schälte er eine Banane und legte sie mit zwei Salztabletten auf einen Pappteller. Martin griff im Erste-Hilfe-Koffer nach dem krampflösenden Spray und setzte sich auf eine umgedrehte Cola-Kiste.

Waldinger beobachtete die Läuferin, die schnell näher kam und dabei ständig über ihre linke Schulter blickte. Kaum eine Minute war vergangen, seit er sie bei der Hütte gesichtet hatte. Täuschte er sich, oder nahm sie die Steigung schneller als die Männer, die bisher hier vorbeigerannt waren?

»Hopp, hopp, Renate!«

Mit langen Schritten kam sie auf die Verpflegungsstation zugerannt, blieb abrupt stehen und stützte sich mit den Händen auf den schmutzigen Knien ab. Sie schaute zur Hütte zurück, dann direkt in Waldingers Augen. »Reinhold! Ein Wolf!«

Sie atmete viel zu schnell. Der Schweiß tropfte von ihrem Kinn, und sie wischte sich mit dem Handrücken übers Gesicht. »Ich hab einen Wolf gesehen.«

Martin hielt fragend den Spray in die Höhe. Sie nickte. Waldinger drückte ihr den vollen Becher in die Hand. »Du bist die schnellste Frau. Zwei Drittel der Strecke hast du geschafft. Spezial!«

Renate trank einen Schluck. »Ein Wolf, glaub mir.«

Waldinger bemerkte Martins kritischen Seitenblick, fragte aber: »Wo?«

Sie deutete über ihre Schulter.

Martin schüttelte unmerklich den Kopf, verstaute den Spray im Koffer, und Waldinger sagte betont fröhlich: »Jetzt lauf, du willst doch die Damenklasse gewinnen. Wir sehen uns bei der Siegerehrung. Hopp, hopp.«

Renate schluckte die zwei Tabletten, bohrte ihren Blick in Waldingers Augen und rannte weiter, den Trampelpfad Richtung Seefluh entlang.

Waldinger schaute ihr besorgt hinterher. »Sie ist schon mehr als zwanzig Kilometer durch die Berge gerannt, aber zehn liegen noch vor ihr. Schafft sie das?«

Martin rieb die Hände gegeneinander. »Halluzinationen können ein Zeichen für Überanstrengung sein.«

Waldinger hatte ein ungutes Gefühl, doch Martin drehte sich um und deutete nach vorne. »Da kommen die Nächsten, richt ein paar frische Becher.«

Der Nebel zog nun auch nach Hinteregg. Die alten Holzhütten am Wegrand waren verschwunden. Der Wind frischte weiter auf. Das spärliche Gras duckte sich an den Berghang. Waldinger konnte den Regen bereits riechen. Am Ifen grollte der Donner.

Währenddessen vertrieb im Dorf der Wind die schweren Regenwolken. Ein paar Sonnenstrahlen drängten sich durch und tauchten den Fußballplatz in Bizau in ein helles Licht. Wolfgang Thöni stand mit seinen drei Mädchen im Ziel des Trail-Laufs und beschattete seine Augen mit der Hand. Die Kinder schwangen kleine Schellen und feuerten den ersten Läufer an, der eben durch den Zielbogen rannte und die Arme in die Höhe riss.

Neben Wolfgang standen die Mitglieder des heimischen Sportvereins in ihren blauen T-Shirts, filmten, fotografierten und teilten die sensationelle Bestzeit allen Interessierten mit. Der Stadionsprecher überschlug sich vor Begeisterung, und aus allen Richtungen eilten weitere Zuschauer herbei, die nicht mit einem so frühen Zieleinlauf gerechnet hatten. Die Zeit war sensationell: zwei Stunden, 32 Minuten für 30 Kilometer und 1.660 Höhenmeter.

»Huereguod!« Wolfi nickte respektvoll.

Eine Dreiviertelstunde später lief die erste Frau über die Ziellinie. Der Sprecher gab die genaue Uhrzeit und den Namen der Sportlerin bekannt. »Renate Koch.«

Die Zuschauer jubelten, klatschten und schellten, doch die Läuferin bekam nichts mehr mit. Wenige Meter neben Wolfi sackte sie zusammen und legte sich flach auf den Rasen. Er eilte zu einem nahe gelegenen Verpflegungstisch, schnappte sich eine Flasche eines isotonischen Getränks und half ihr, ein paar Schlucke zu trinken. Ihr Gesicht war schlammverschmiert.

»Geht schon wieder, danke«, sagte sie, mühsam lächelnd.

Wolfi half ihr aufzustehen und führte sie zu einer der Liegen, die für die Athleten bereitstanden. Zwei kräftige Masseurinnen warteten bereits. Wolfi drückte den Arm der Läuferin. »Gewaltige Leistung. Huereguod. Gratuliere.«

Renate Koch nickte glücklich. »Mein erster Trail-Lauf.«

Die Läufer hatten sich in den modernen Umkleideräumen des Clubheims geduscht, kalorienreiche, vorzüglich gekochte Pasta genossen und die Trophäen in Empfang genommen. Jetzt versuchten sie, mithilfe von Alkohol das Adrenalin in ihren Körpern auf ein Normalmaß zu reduzieren.

Die zahlreichen Helfer fanden sich nach und nach ebenfalls im Clubheim ein, und die Veranstalter zeigten sich mit einem Dauerlachen im Gesicht. Alles war gut gegangen, keine schlimmeren Blessuren, keine Klagen, und selbst das Gewitter hatte sich über den Gottes Acker ins Kleinwalsertal verzogen.

Waldinger lehnte sich auf der überdachten Terrasse an das Geländer und nickte, als eine kaum sechzehnjährige Bedienung auf sein leeres Bierglas deutete und fragend die gemalte Augenbraue hob. Der tätowierte DJ drehte die Lautstärke höher, und Waldinger wiegte sich verstohlen im Takt der Musik. Ein paar junge Burschen mit dem Logo des Horner Clubs auf den Jacken standen auf und kletterten auf die Tische. Der DJ drehte noch lauter, und alle sangen mit.

Waldinger nahm einen Schluck, immer mehr Feiernde klatschten auf die Tische, und durch die Glasscheibe erkannte er Renate Koch, die sich bestens amüsierte. Er war stolz auf seine Kollegin. Tagesbestzeit der Damen. Die Favoritin aus Schnepfau war mit einem enttäuschten Lächeln gleich nach der Siegerehrung nach Hause gerannt.

Waldinger leerte sein Glas und kämpfte sich durch die erneut verschwitzten Menschen zur Theke. Er kramte die Geldbörse aus seiner Hosentasche und wartete darauf, dass die Bedienung den Bierzapfhahn losließ, um abzurechnen. Da klopfte ihm jemand von hinten auf die Schulter. »He, Chef. Du wirst doch nicht schon zahlen wollen?«

Er drehte sich um und sah in die strahlenden Augen seiner Kollegin.

»Wir trinken noch ein Schnäpsle zusammen.« Sie winkte der Bedienung und rief: »Zwei Enzianer, nee, bring uns gleich vier!«

Waldinger versuchte zu protestieren, doch Koch winkte ab. »So was wie heute hab ich noch nie erlebt. Ein Wahnsinn, was hier abgeht. Die Bizauer haben das Feiern echt drauf. Und der Lauf war super organisiert; und hast du die tollen Preise gesehen? Es war genial. Ist es immer noch.«

»Großes Kompliment und Hut ab vor deiner Leistung.«

Koch schaute sich unbehaglich um. Doch die Feiernden nahmen keine Notiz von ihnen. »Hältst du mich für verrückt?«

»Ich bewundere dich, diese Kondition …«

Sie rückte näher. »Ich hab wirklich einen Wolf gesehen.«

»Bist du dir sicher? Wo denn?«

»Ich weiß nicht, wie es dort heißt. Er stand ganz in der Nähe eines Baumes, der durch den Blitz gespalten war.«

Ungläubig schüttelte Waldinger den Kopf. In dem Moment drückte ihnen die Bedienung die Schnapsgläser in die Hand, und die Leute im Clubheim begannen, rhythmisch zu klatschen. »Wolf, Wolf, Wolf.«

Immer wieder und jedes Mal noch lauter: »Wolf, Wolf, Wolf.«

Verwirrt schaute Waldinger sich um. Ein paar Burschen vom Horner Club bugsierten den schneidigen Schweizer vom Kohlbachhof auf die Bar. Die Blondine brachte Gläser und Flaschen in Sicherheit, und ein riesengroßer Kerl reichte eine Ziehharmonika über den Tresen. Das Publikum tobte, als der Schweizer die Riemen des Instruments über den auf den Oberarm tätowierten Wolfskopf zog. Schon bei den ersten Tönen, die er anspielte, erkannte Waldinger die Melodie.

»Die Gamserln schwarz und braun, daraa daratatata …«

Waldinger trank beide Enzianer auf ex, nahm Koch an der Hand und tanzte mit ihr im Polkaschritt.

Dienstag, 13. Mai
vier Tage später

Auf dem Kohlbachhof saß Wolfi gemeinsam mit seiner Tochter Verena am Küchentisch und starrte auf die Titelseite der Tageszeitung. Er schob seine Kaffeetasse zur Seite und zog die »Vorarlberger Nachrichten« näher heran. Seine Frau Miriam trat hinter ihn und massierte zärtlich seinen Nacken. »Fährst du wieder nach Hinteregg?«

»Ich will den Zaun heute fertig machen.«

»Nimmst du Verena mit?«

»Magst?«, fragte Wolfi die mittlere seiner drei Töchter.

Die Vierjährige strahlte über ihrer Müslischüssel, schob diese mit Schwung in die Tischmitte und stand auf. »Ich zieh meine Arbeiterhose an und nehm mein Sackmesser mit, und soll ich die Gummistiefel oder die Turnschuhe anziehen, und ich brauch doch meinen Rucksack und die neue Brotdose. Mama, richtest du …?«

»Die neue Brotdose darfst du mitnehmen, wenn du in der Spielgruppe bleibst.«

Verena schob ihre dicke Unterlippe noch weiter nach vorne und schaute mit ihren großen Augen trotzig unter den viel zu langen Stirnfransen hervor. »Babykram. Ohne mich. Da geh ich nicht hin.« Sie stemmte die Hände in die Hüften und stapfte geschäftig aus der Küche.

Miriams Blick fiel auf die Zeitung.

»Rückkehr der Wölfe in den Bregenzerwald. Hast du das gelesen?«

Wolfi rutschte neben sie auf die Bank und legt einen Arm um ihre Schultern. »Reine Panikmache.«

»Wie kommen die da drauf?«

»Am Samstag im Clubheim ist das Gerücht aufgetaucht. Die Bedienung hat anscheinend gehört, dass eine der Läuferinnen erzählt habe, sie hätte einen Wolf gesehen, aber niemand hat das ernst genommen. Die waren doch alle high.«

»So wie du.«

»Ich war nicht betrunken, Miri, und ich war pünktlich im Stall.«

»Du hast mein Haushaltsgeld versoffen.«

»Erstens ist es nicht nur dein Geld, und zweitens hab ich etwas davon verliehen. Du kriegst es nächste Woche zurück.«

»Ich hasse diese Ausreden.«

»Du bekommst es zurück, versprochen.« Er sah an ihrem Blick, dass sie ihm nicht glaubte.

»Und was ist mit den Wölfen?«

Er zuckte mit den Schultern und rückte näher zu seiner Frau. »Keine Sorge, bei uns gibt es keine.«

»Wir können es uns nicht leisten, ein Schaf zu verlieren.«

Wolfi zog Verena eng zu sich her, als sie mit dem Quad die schattige Straße am Bizauer Bach entlangfuhren. Die frisch verschneiten Berggipfel leuchteten in der Morgensonne. Die Eisheiligen machten ihrem Namen dieses Jahr alle Ehre.

Als sie nach einer halben Stunde Fahrzeit vor der Vorsäßhütte in Hinteregg ankamen, stieg Verena ab und zog ihre gestreifte Strickmütze noch tiefer über die Ohren.

Hier oben schien die Sonne bereits, und die Wiesenhänge um die Hütte leuchteten in einem hellen Grün. Gelbe niedrige Dotterblumen wuchsen am Rand des kleinen Baches. Das Plätschern und der Gesang einiger Vögel waren die einzigen Geräusche. Die Hütten standen verriegelt und mit geschlossenen Fensterläden da. Erst wenn das Vieh hier weidete, erwachte das

Vorsäß. Mit Glockengebimmel und glänzendem Melkgeschirr vor den Eingangstüren wirkte die Landschaft viel freundlicher.

»Was kann ich helfen?« Verena hakte die Daumen in die Gürtelschlaufen ihrer Engelbert-Strauß-Hose. »Soll ich Streue runterwerfen?«

Gopferdammi, das war sein Meitli! Schon mit ihren fast fünf Jahren wusste sie, was zu tun war. Er nickte und stieg ebenfalls vom Vierrädler. »Die Lämmer brauchen ein warmes, trockenes Plätzchen. Solange es nachts so kalt ist, müssen wir sie jeden Abend in den Stall treiben.«

Was war das? Es klang nach Motorengeräusch. Eigenartig. Hier oben hörte man sonst höchstens Flugzeuge. Doch der Himmel war streifenfrei, und auf der Straße herrschte Fahrverbot.

Er ging ein paar Schritte auf dem Weg zurück, um einen besseren Ausblick zu haben. Erstaunt schaute er auf die tiefer liegenden Serpentinen. Mindestens zehn Autos fuhren in einem Konvoi nach Hinteregg herauf.

»Papa?«, hörte er Verenas Stimme.

Er eilte zurück zur Hütte. »Ich komm schon, wo bist du?«

»Ich bring das Loch nicht auf«, rief sie vom Heuboden.

Wolfi ging die steile Holztreppe mit den unterschiedlich hohen Tritten hinauf und atmete den würzigen Duft des Heus ein. Das Futter war den Winter über trocken und luftig geblieben, es würde den Schafen schmecken.

Die Vierjährige saß neben der Bodenluke und mühte sich ab, die schwere Holzplatte zu verrücken. Durch die Ritzen zwischen den alten Balken blinzelten Sonnenstrahlen, und der aufgewirbelte Staub tanzte in den hellen Streifen.

»Erst lassen wir noch mehr Licht herein.« Wolfi entriegelte das große Tor an der nördlichen Stirnwand. Knarrend drückte er es auf und befestigte es mit einem Drahtstück, damit der Wind es nicht zustoßen konnte. Er lehnte sich an den Rahmen des Tors und spähte hinaus.

Die Autos parkten auf einem relativ ebenen Stück direkt auf

dem Weg. Männer in Lodenhosen rückten ihre Hüte zurecht, und Frauen in klobigen Bergschuhen zogen Wanderstöcke aus den Rucksäcken. Sie versammelten sich bei der alten Brunnenstube. Ein Bärtiger schien Anweisungen zu geben, und bald darauf zerstreuten die Leute sich in alle Richtungen.

Verena stellte sich neben Wolfi und hielt sich an seinem Knie fest, um hinauszuschauen. »Was machen die vielen Jäger?«

Er zuckte mit den Schultern und beobachtete zwei junge Frauen, die direkt auf die Hütte zukamen.

Verena trat einen kleinen Schritt vor und rief: »Hallo, da unten. Wir sind hier!«

Überrascht blickten die Damen nach oben. Eine strich sich die langen schwarzen Haare hinter die Ohren. »Hallo, da oben. Pass gut auf.«

Wolfi hielt Verena demonstrativ an ihrer linken Hand fest. »Ich schließ mich meiner Tochter an. Was, um Himmels willen, macht ihr hier?«

Die Frauen schauten einander an, dann sagte die Dunklere: »Ich denke, es ist kein Geheimnis. Wir suchen den Wolf. Ihr habt sicher davon gehört? Er soll aus der Schweiz eingewandert sein. Seid ihr auch aus der Schweiz?«

Wolfi schüttelte den Kopf. »Wir wohnen im Dorf, aber es ist kaum zu überhören, dass ich ursprünglich aus dem Prättigau stamme.«

»Ich find den Akzent herrlich«, lächelte die Jüngere.

»Glaubt ihr wirklich, ihr könnt mit euren Wagen vorfahren und der Wolf spaziert an euch vorbei?«

»Den Wolf werden wir leider nicht zu Gesicht bekommen, aber möglicherweise Spuren, die wir untersuchen können.«

Wolfi wandte sich ab und zog Verena vom Tor weg.

»Wieso Spuren? Es hat doch keinen Schnee mehr.«

»Sie suchen keine Fußspuren, Verena. Stell dir vor, die wühlen im Wald nach Scheißhaufen.«

Samstag, 4. Juli
2 Monate später

Der Geräuschpegel im Egger Löwensaal erinnerte Waldinger an den Abend im Clubheim. Doch statt Musik und Gelächter drängten sich hitzige Wortgefechte aus der Geräuschkulisse, die Stimmung war geladen. Der Wolf im Bregenzerwald spaltete die Geister.

Unentschlossen lehnte er an einer Säule nahe der Eingangstür und ließ seinen Blick durch die Stuhlreihen schweifen. Irgendjemand winkte. Er ging ein paar Schritte in den Saal hinein und erkannte Annika, seine Schwiegertochter. Mühsam drängte er sich zwischen Bauern und Brillenträgern hindurch, entschuldigte sich und stand plötzlich ganz vorne. Annika strahlte. »Servus, Reinhold. Da hätten wir ja gleich zusammen fahren können.«

Waldinger setzte sich auf den Holzstuhl und schaute sich um. Ein Platz in der ersten Reihe. Er kam sich vor wie ein Erstkommunikant. Direkt vor ihm hatte die Kamerafrau des ORF sich stationiert.

»Was treibt Lorenz?«

»Der wollte unbedingt mit. Er will den Wolf sehen. Martin musste ihm versprechen, dass er auf YouTube einen Wolf-Film sehen darf.«

Vor den Fenstern fuhren die Jalousien lautlos nach unten. Mit der Helligkeit sank auch die Lautstärke im Saal. Ein Spot wurde auf den roten Samtvorhang vor der Bühne gerichtet. Gespannte Erwartung erfüllte die Luft.

Der pensionierte Egger Geschäftsmann Amann kämpfte sich durch den schweren Vorhang an den Bühnenrand. Die Zuschauer in den vorderen Reihen applaudierten. Gelassen nahm er die Sympathiebekundungen entgegen und überprüfte den Sitz seiner spärlichen Haare. Auf Waldinger wirkte Amann in seinem neuen Lodenjanker wie ein Theaterspieler. »Ich bin überwältigt von dem riesigen Interesse an diesem wunderbaren Tier. Im Namen der Vereinigung ‚Wälder für den Wolf' darf ich Sie willkommen heißen. Ich danke auch all jenen, die sich bereit erklärt haben, heute Abend Rede und Antwort zu stehen.«

Amann gab dem Beleuchter ein Zeichen, und der Vorhang öffnete sich. Eine Frau und fünf Männer saßen in einem Halbkreis auf der Bühne. Der Applaus war zögerlich, die Experten auf dem Podium lächelten nervös, versuchten aber, einen entspannten Eindruck zu vermitteln.

Nach weiteren Begrüßungsfloskeln übergab Amann das Mikrofon an den Landeswildbiologen Hirschle. Der stand schwungvoll auf, und Waldinger beobachtete fasziniert den imposanten Gamsbart auf dessen Hut.

»Es war definitiv ein Wolf, den eine Sportlerin am 9. Mai im Gebiet Hinteregg erkannt hatte. Durch umfangreiche Analysen der sichergestellten Kotspuren können wir davon ausgehen, dass ein Jungtier sich auf der Suche nach einem neuen Revier in den Bregenzerwald gewagt hat. Wo das Tier herkommt, ist noch nicht hundertprozentig gesichert, vermutlich stammt es von einem bekannten Rudel im schweizerischen Graubünden ab.«

Neben dem Wildbiologen saß der Obmann des Bregenzerwälder Schafzuchtvereins in einem weit geöffneten rot karierten Hemd über der faltigen, wettergegerbten Haut. Er übernahm das Mikro und sprach in überraschend schöner Schriftsprache: »Der Wolf ist ein herrliches Tier, wunderschön anzuschauen, schlau und geheimnisvoll. Ich würde gerne einem in freier Wildbahn begegnen. In einem Revier, wo er ungestört, mit genug Platz und Freiraum ein selbstbestimmtes Leben führen, eine Partnerin suchen und sich fortpflanzen kann. Doch dieser Platz ist nicht bei uns im Bregenzerwald. Zu sehr ist das ganze Tal von Menschen durchdrungen. Wanderer, Läufer, Tourengeher, Bergsteiger und Älpler beleben unsere herrliche Bergwelt. Der Wolf aber ist ein menschenscheues Tier. Vor allem fehlt es ihm an Nahrung. Es würde nicht lange dauern, und unsere Schafe und Ziegen wären nicht mehr sicher. Wir könnten uns nicht mehr erlauben, sie auf den Alpen frei laufen zu lassen. Die Auswirkungen wären enorm: Die offenen Flächen würden verwachsen, das lange Gras Lawinen begünstigen, Touristen würden unser Tal ängstlich meiden, es wäre eine Katastrophe für diese wunderbare Gegend. Hier fehlt leider der Platz für dieses majestätische Tier.«

Waldinger applaudierte. Um ihn herum war es auffallend ruhig. Zustimmende Rufe kamen lediglich aus den hinteren Reihen. Der Mann hatte ausgesprochen, was Waldinger insgeheim dachte. Er bemerkte Annikas Seitenblick, doch der Schafzüchter übergab das Mikrofon bereits an die einzige Frau auf dem Podium. Die Naturschutzanwältin nahm ihre Brille ab und rückte den Kragen ihrer weißen Bluse zurecht.

»Ich bin begeistert. Ich halte die Rückkehr des Wolfes für einen Indikator für Biodiversität. Dass er auf eigenen Pfoten kommt, zeigt, dass er in den Bregenzerwald passt.«

Buhrufe der Bauern untermalten den Applaus der Wolfsfreunde. Annika war zum Klatschen extra aufgestanden. Waldinger hielt sich zurück und blickte gespannt auf die Bühne.

Agrarlandesrat Braun stellte sich breitbeinig auf und tönte: »Der Wolf passt nicht hierher. Gegen einen durchstreifenden Einzelgänger werden wir nicht viel machen müssen, aber dass ein Rudel sich ansiedelt, liegt nicht in unserer Vorstellung.«

»Wie wollt ihr das verhindern?«, kam eine laute Stimme aus dem unbeleuchteten Saal.

»Zu gegebener Zeit werden wir entsprechende Möglichkeiten finden«, versprach der Landesrat.

Die Kamerafrau des ORF schwenkte vom Podium ins Publikum. Auch Waldinger drehte sich um. Ließen die Landwirte sich mit diesen Worten zufriedenstellen?

Einige murrten und ruckten mit den Stühlen. Dann erklang dieselbe Stimme wie vorhin. »Wie werden wir Bauern geschützt? Wer kommt für den Schaden auf, wenn der Wolf anfängt, Schafe zu reißen?«

Der Landesrat kam mit dem Mikrofon in der Hand nach vorne an den Bühnenrand. Er schaute ins Publikum und wartete, bis Ruhe einkehrte. »Wir werden euch Bauern unterstützen und bereits in naher Zukunft einen Maßnahmenkatalog erarbeiten, wie wir uns dem Wolf entgegenstellen können.«

»Wie sieht das konkret aus?«

Der Politiker räusperte sich. »Wir werden das im Plenum besprechen. Ich kann hier und heute keine definitiven Zusagen machen, aber wir werden in den kommenden Wochen intensiv darüber diskutieren und Lösungsvorschläge ausarbeiten.«

»Beispiele?«

»Wir werden darüber beraten, ob wir Zuschüsse gewähren können, für optimales Zaunmaterial, Schadenszahlungen für gerissene Tiere, günstige Versicherungen für die Herden, nächtliche Stallpflicht …«

»Stallpflicht? Meine Schafe weiden in Hinteregg. Sollte eines durch den Wolf gerissen werden, nehme ich die Sache selbst in die Hand.«

Applaus brandete auf. Annika flüsterte: »Ist das der junge Schweizer vom Kohlbachhof?«

Waldinger nickte und legte den Zeigefinger auf seine Lippen. Er wollte die Antwort des Jagdaufsehers nicht verpassen, der sich erhoben hatte und dem Landesrat das Mikrofon aus der Hand nahm. »Der Wolf wird eine Art Gesundheitspolizei werden, sich von kranken und schwachen Tieren ernähren. Für gesunde und eingezäunte Schafe sehe ich keinerlei Gefahr.

Schwierig wird es für das heimische Wild, und ich sehe es als meine Pflicht, diese Tiere nach Möglichkeit zu schützen. Der Wolf ist leider kein Vegetarier.«

Männer lachten, andere klatschten, doch als der Bauer vom Kohlbachhof ebenfalls aufstand und der Spot wieder auf ihn gerichtet wurde, lauschten alle gespannt. »Diese Veranstaltung ist ein reines Kabarett. Hilfe für uns Bauern gibt es hier nicht. Ich geh heim und lade meine Flinte.«

Sonntag, 5. Juli

Am nächsten Morgen mahlte Waldinger Kaffeebohnen. Während er den Wassertank der Maschine füllte, überlegte er, für wie viele Gäste er decken sollte. Er öffnete den alten Bauernschrank, nahm einen Stapel Sonntagsteller heraus und verteilte sie auf der weißen Tischdecke auf dem Stubentisch. Einen für Martin, für Annika, für Lorenz, brauchte Heidi schon einen eigenen Teller? Er grübelte kurz und holte einen Plastikteller für sein jüngstes Enkelkind. Doch nicht nur sein Sohn Martin kam heute mit der Familie zum Sonntagsbrunch, auch Kathrin und der kleine Finn hatten zugesagt. Der Kaffeeduft aus der Küche und der frische Hefezopf ließen Waldingers Magen knurren. Nur Michaela war nicht da. Sie verbrachte den Sommer in Neuseeland. Der Tisch war fertig gedeckt, ein paar Blumen fehlten noch.

Er hörte Helga im Bad rumoren und ging durch die Terrassentür in den Garten hinaus. Mit seinem Sackmesser zwickte er die drei schönsten Rosen ab, und da er keine Blumenvase fand, stellte er den kleinen Strauß in ein Wasserglas.

Als Helga in einem neuen Sommerkleid gut duftend in die Stube trat, drehte Waldinger sich ihr zu und freute sich über ihren erstaunten Gesichtsausdruck. »Das hast du gerichtet?«

Er nickte und legte einen Arm um sie. »Alles Gute zum Geburtstag. Dieses Mal im kleinen Kreis, aber nächstes Jahr wirst du endlich fünfzig.«

»Fünfzig, wie das klingt, erinnere mich nicht daran!« Beide lachten zufrieden.

Helga betrachtete den Tisch und schnupperte an den Rosen.

»Sie riechen wunderbar. Ich stell sie in eine Vase. Reichen die Teller? Da fehlt doch einer. Kathrin will uns heute ihren Freund vorstellen.«

»Schon wieder ein neuer Freund?« Waldinger runzelte die Stirn, ging aber in die Küche, um ein weiteres Gedeck zu holen. »Wie lange hat sie den schon? Ist es ein Bizauer?«

Sie zuckte mit den Schultern. »Keine Ahnung. Sie hat nichts verraten. Ich bin so gespannt. Finn braucht einen Vater.«

»Warum? Er hat doch einen Opa.«

Ein verbeulter grauer Golf bog mit quietschenden Reifen in die Einfahrt und hielt erst knapp vor dem Gartenzaun. Die Beifahrertür öffnete sich, Frühschoppenmusik tönte aus dem Wagen, und Kathrin stieg aus. Sie winkte kurz und klappte den Sitz zurück, um ihren Sohn aus dem Kindersitz auf der Rückbank zu befreien. Endlich verstummten die Musik und das Motorengeräusch. Der Lenker stieg aus.

»Wie hat der in diesem Auto Platz gehabt?«, flüsterte Waldinger Helga zu, doch sie ging bereits durch die Gartentür den Gästen entgegen.

»Der passt doch zu meiner Kathrin wie der Elefant in den Porzellanladen.«

Martin schob Heidis Kinderwagen, Annika hatte sich bei ihm untergehakt, und der fünfjährige Lorenz düste mit einem überdimensionalen Helm auf dem Kopf mit dem Fahrrad auf Waldinger zu. »Opi, Opi, ich hab Ferien, und ich will auf den Baum klettern.«

Waldinger lachte. Er parkte Lorenz' Fahrrad am Zaun, fummelte am Verschluss des Helms und stellte sich neben den Zwetschgenbaum, um für seinen Enkel eine Räuberleiter zu machen. »Opi, unsre Häsin hat Junge gekriegt. Die sind noch babywinzig, und Mama sagt, wenn sie größer sind, kann ich alle verschenken. Magst du ein Häschen?«

Waldinger schüttelte den Kopf. »Ich bin zu groß für Hasen.«

»Aber Hühner hast du doch auch.«

»Stimmt, und jetzt muss ich unsre Gäste begrüßen. Pass gut auf da oben. Halt dich fest.« Er gab Kathrins Freund die Hand. »Servus, ich bin Reinhold.«

Der Riese drückte kräftig zu. »Jerry.«

»Tschärri. Und wie weiter?« Waldinger ließ die Hand los und schaute zu dem jungen Kerl auf.

»Gerold Zimmermann, aus Bezau.«

»Zimmermann? Bist du etwa vom Jagdaufseher der Bub?«

Jerry nickte und winkte ab. »Ein Langweiler. Wie ist das Kasperletheater gestern Abend eigentlich noch ausgegangen?«

Waldinger brauchte einen Moment, bis er kapierte, dass Jerry von der Podiumsdiskussion sprach. »Nach dem Abgang der Bauern war's langweilig. Warst du auch dabei?«

»Mein Alter saß auf der Bühne, aber ich war mit Wolf da. Wie haben sie auf unseren Abmarsch reagiert?«

»Der Schafzüchter hat sich noch sehr für die Bauern eingesetzt, aber im Saal waren nur noch Fürsprecher des Wolfes, und der Diskussion ist die Luft ausgegangen.«

»Unser Abgang war spitze. Wolf hat die besten Ideen. Alle Bauern haben ihm gratuliert, dass er den Mut hatte, denen seine Meinung zu sagen. War echt cool.«

Wolfi und Miriam verbrachten den Vormittag mit ihren Kindern im Garten. Vom Dorf her hörte man die Kirchenglocken, die alte Traudl hatte ihnen zugewinkt und war in ihrer Sonntagstracht auf dem Weg in die heilige Messe. Sara saß im Sandkasten, Verena übte Seilspringen, und Magdalena malte mit Straßenkreiden bunte Schnecken auf den Vorplatz. Die Glocken verklangen, Miriam lehnte sich an die Hauswand, schloss die Augen, legte beide Hände auf den dicker werdenden Bauch und genoss die Sonnenstrahlen.

Wolfi knüpfte einen faustgroßen Stein an eine Schnur und befestigte diese an einem Ast von dem kleinen Apfelbaum, den er vor zwei Jahren zu Saras Geburt gepflanzt hatte. Das Bäumchen sollte eine schöne Krone bekommen. Aus dem Augenwinkel nahm er eine Bewegung auf der Zufahrtsstraße zum Hof wahr. Eine Frau in einem schwarzen Raddress mit pinkfarbenen Schuhen und einem passenden Helm radelte auf sie zu.

»Wer ist das? Eine Freundin von dir?«, fragte Wolfi.

Schläfrig öffnete Miriam kurz die Augen. »Die kenn ich nicht.«

Die Frau fuhr langsamer, nahm einen Schluck aus ihrer Trinkflasche und stieg vom Rad. »Ein schöner Sonntagmorgen, oder?«, fragte sie und trat näher. »Schön habt ihr es hier.«

Wolfi nickte und wartete.

»Ich war gestern auf der Diskussion in Egg«, sagte die Fremde. »Danach sind wir im Schettereggerhof eingekehrt. Am Stammtisch ging die Diskussion weiter. Da waren fanatische Wolfsfreunde dabei.«

Wolfi schwieg weiter.

»Ich möchte dich warnen. Wenn der Wolf stirbt, bist du nicht mehr sicher. Die kennen die Namen deiner Mädchen.«

»Und du? Gehörst du auch zu den Wolfsfreunden?«

»Entschuldige.« Sie gab ihm ihre verschwitzte schmale Hand. »Silvia Geiger aus Andelsbuch. Ich find den Wolf faszinierend, aber für mich zählen Menschen mehr als das Leben eines Tieres.«

Eine dunkle Wolke schob sich vor die Sonne. Es wurde spürbar kühler.

»Es gibt Leute, die denken anders.«

Nach dem Mittagessen war der Himmel über Bizau wieder strahlend blau. Kreuz und quer verliefen die Spuren der Flugzeuge. Wolfi rumpelte in seinem alten Steyr in langsamen Runden über die Wiese. Die Sonne machte ihre Arbeit gut, das erst gestern gemähte Gras fing an, beim Wenden zu knistern.

»Wollt ihr was trinken?«, fragte Wolfi Verena und Magdalena, die rechts und links von ihm auf den harten Sitzen saßen und sich festhielten.

»Wir fahren schon hunderttausend Stunden auf dem blöden Traktor. Ich will heim«, maulte Verena.

»Mama und Sara haben heute einen ungestörten Mittagsschlaf verdient. In zwanzig Minuten sind wir fertig, dann fahren wir nach Hause.«

Wolfi summte vor sich hin. Er war guter Dinge, als er den Traktor in Richtung Kohlbachhof lenkte. »Heute ist der erste Ferientag. Der Kindergarten ist für dich, Magdalena, endgültig vorbei. Können wir eine Abmachung treffen?«

Magdalena schaute ihn gespannt an.

»Diesen Sommer helft ihr zu Hause mit. Verena kommt mit mir zum Heuen, und du hilfst daheim der Mama. Ihr geht es nicht so gut wegen dem Baby. Wir müssen ihr alle helfen.«

»Jeden Tag?«

»Jeden Tag. Dafür kauf ich euch im Herbst auf der Kilbe ein Geschenk, das ihr euch selbst aussuchen dürft.«

»Juchu«, schrie Verena. »Ich will ein Barbie-Haus und ein Fahrrad und Kreiden und eine Gitarre und eine Zuckerwatte.«

Magdalena zeigte auf die Stallmauer. »Was heißt das?«

Wolfi bremste ab. In riesigen roten Buchstaben leuchtete ein aufgesprühtes Wort an der Wand.

»Wer hat das gemacht?«, fragte Verena. »Ich darf das nie, ich will auch den Stall anmalen, warum dürfen die anderen …«

»Sei still«, sagte Wolfi barsch und fuhr zur Maschinenhalle.

Es war nur ein einziges Wort, aber es stand außer Frage, wer damit gemeint war.

»Wolfsmörder!«

Samstag, 29. August
8 Wochen später

Die Musik aus dem Autoradio fing an zu scheppern, als der Empfang immer schlechter wurde. Wolfi stellte sie aus, Jerry schaute aus dem Autofenster. »Ich war schon ewig nicht mehr in Hinteregg. Aber mein Alter spinnt. Die letzten Wochen war er fast jeden Tag da oben. Der Wolf will ihm nicht aus dem Kopf. Und er behauptet, er habe ihn schon drei Mal gesehen.«

»Frisst der Wolf auch Kinder?« Die Frage kam von Magdalena, die eingeklemmt zwischen ihren beiden Schwestern auf der Rückbank des Pick-ups saß.

Wolfi lachte, dann erwiderte er ernst. »Nein, er frisst keine Kinder, die sind ihm zu laut.«

»Aber unsere Schafe?«, fragte Verena.

»Die treiben wir heute zum Gatter runter. Der Wolf kommt nicht so nah zu den Hütten.«

»Wie viele Schafe hast du momentan, und wann werden sie geschlachtet?«, fragte Jerry.

»Zwölf Muttertiere und fünfzehn Lämmer, aber ich töte sie nicht, dafür sind die Kärntner Brillenschafe zu schade. Ein Züchter aus dem Pitztal hat mir einen guten Preis versprochen. Ich hoffe, er hält sein Wort. Ich brauch das Geld.«

»Für einen neuen Traktor?«

»Nein.« Wolfi drehte sich kurz um und zwinkerte Magdalena zu. »Für eine Schultasche für meine Älteste.«

Wolfi parkte den Pick-up im Schatten einer verwitterten Tanne hinter der Vorsäßhütte. Er ließ die Mädchen aussteigen, setzte sich Sara auf die Schultern und sagte zu den zwei Großen: »Ihr bleibt in der Nähe.«

»Ich will mit dir mitgehen«, sagte Magdalena, aber Verena rannte schon vor zu dem kleinen Bachlauf.

»He, Große, keine Angst. Ihr seid doch immer gerne stundenlang am Bächle. Dem Wolf ist heute zu heiß. Er liegt im Schatten und schläft.« Wolfi gab ihr einen leichten Schubs. »Sei kei Schisshaas! Hier gibt es keinen anderen Wolf außer mir.«

»Wieso sagt Jerry Wolf zu dir?«

»Weil ich so ein wilder Hund bin.« Die Männer lachten fröhlich und schnappten sich je einen der stabilen Haselstecken, die neben der Haustür lehnten.

Am äußersten Ende der eingezäunten Weide fand Wolfi seine Schafherde endlich eng aneinandergedrängt im Schatten einiger Tannen. Als sie seine Rufe hörten, spitzten sie die Ohren, und Margarethe, das älteste Mutterschaf, kam neugierig auf ihn zu. Er steckte seine Hand in die Hosentasche, in der eine Handvoll Salz steckte, das an seinen verschwitzten Fingern kleben blieb. Er hielt Margarethe die Hand hin, sie leckte gierig daran, und als Wolfi sich umdrehte, folgte sie ihm. Nach einigen Blökern trottete die gesamte Herde hinter ihm her. Zwanzig Minuten liefen sie zügig bergab. Jerry kam hinterher und schaute zu, dass alle zusammenblieben.

»Brav, hall, hall, brav«, lobte Wolfi die Schafe und sah zu, wie sie zum flachen Bach hinübertrabten. Er war stolz auf seine Tiere. Die Lämmer hatten in den letzten Wochen ordentlich zugelegt.

Wortlos wanderten die Männer mit Sara über die steilen Grashänge zurück zur Hütte hinauf.

»Ruf mal deine Schwestern«, sagte Wolfi, tauchte seine Arme im Brunnentrog unter und trank das eiskalte Wasser direkt aus dem Hahn.

»Enaaaa, Enieee«, rief die Kleine, doch nichts rührte sich.

»Bleibst du kurz bei Sara?«, fragte Wolfi seinen Kumpel. »Ich schau nach, wo die beiden sich versteckt haben.«

Er ging zu dem kleinen Bachlauf. An einer Stelle war das Wasser trüb und mit Steinen aufgestaut. Die Mädchen hatten hier gespielt. Wolfi schaute sich um und rief: »Das ist nicht lustig. Mama wartet. Kommt jetzt.«

Doch niemand kam lachend hinter einem Baumstamm hervor. Wo könnten sie hingegangen sein? Die Hütte war verschlossen, im Auto waren sie nicht. Er ging aufwärts in Richtung Wald. Vielleicht suchten sie Eicheln oder Tannenzapfen.

»Leeeenie! Vereeenaaa!«

Aufmerksam schaute Wolfi auf Spuren, die auf seine Mädchen hindeuten könnten. Er spähte hinter jeden Busch. Vielleicht sammelten sie Heidelbeeren, Pilze oder glitzernde Steine. Den beiden fiel immer was ein. Er lief bergwärts, bis er zum Stacheldrahtzaun kam, blieb stehen und überlegte. »Nein, da sind sie noch nie durchgekrochen. Sie sind immer in der Nähe des Baches oder der Hütte geblieben.«

Ein unangenehmer Geruch stieg ihm in die Nase. Blut, es roch eindeutig blutig. Er bückte sich zu dem undefinierbaren Etwas, das sich im Stacheldraht verfangen hatte. Es sah aus wie ein Stück Fleisch. Knochen mit verdreckten weißen Fellstückchen daran. Er brach einen Ast von einem Baum in der Nähe und drehte damit den Klumpen in alle Richtungen. Das musste der Vorderlauf von einem Lamm sein.

Das war nicht möglich! Er hatte die Lämmer nicht durchgezählt, die Tiere blieben immer in der Herde. Seine Gedanken überschlugen sich.

Der Wolf ist tatsächlich hier, hungrig, meine kleinen Mädchen. Dreh jetzt nicht durch. Sie haben sich nur versteckt. Sie sind zu zweit. Ich hätte sie schreien gehört. Der Wolf ist in der Nähe. Verdammte Scheiße. Gopferdammi, Kruzitürken, die Mädchen …

Er rannte zurück zur Hütte. »Jerry!«

»Hast du sie gefunden?« Jerry spielte mit Sara am Brunnen. Sie platschte mit der flachen Hand ins Wasser und jauchzte fröhlich, als Jerrys Hemd nassgespritzt wurde und er ihr mit dem Zeigefinger drohte. Wolfi nahm sie auf den Arm und drückte sie an sich. »Du musst mir helfen. Ich kann die Mädchen nicht finden, und der Wolf ist hier.«

»Wo hast du schon gesucht?«

»Da oben hängt ein Lauf von einem Lamm im Stacheldraht. Wenn Magdalena das gesehen hat… Hoffentlich versuchen sie nicht, selber heimzulaufen. Wir müssen sie finden.«

Wolfi stolperte mit Sara auf dem Arm den Hügel hinab. Sara begann zu weinen, doch er konnte sie jetzt nicht trösten.

Traudl Kohlbacher wohnte seit sieben Jahren in der kleinen Wohnküche auf der Ostseite des Kohlbachhofs, in der früher der Knecht untergekommen war. Davor hatte sie jahrzehntelang selber den Hof bewirtschaftet, doch als ihre Nichte Miriam ihn übernommen hatte, war sie in den rückwärtigen Teil gezogen. Sie hörte die kreischende Feuerwehrsirene aus dem Dorf und schloss das Fenster. Samstag, zwölf Uhr, Probealarm. Mit steifen Fingern öffnete sie den Knoten ihrer umgebundenen Schürze, hängte sie an den Nagel neben der Küchenzeile und schlurfte über den schmalen Flur zur Wohnung von Wolfi und Miriam hinüber. Dort war der Tisch für sechs Personen gedeckt, eine Schüssel Gurkensalat war gerichtet, und auf dem Herd stand eine Pfanne voller Wurstnudeln. Sie nahm den Holzlöffel auf und wendete die Nudeln. Wo waren sie denn alle?

»Miriam?«, rief sie zur Küchentür hinaus.

»Komme gleich, bin beim Bügeln.«

Traudl öffnete die Wohnzimmertür. »Wo sind die Kinder?«

»Sie sind mit Wolfi in Hinteregg. Sie werden bald kommen.«

»Es ist schon nach zwölf.«

Miriam steckte das Bügeleisen aus und dehnte ihren Rücken.

»Du kannst den Herd ausschalten und anfangen zu essen. Ich wärm es dann auf.«

»Wir essen doch immer um zwölf. Könnt ja anrufen, wenn es später wird«, murmelte Traudl vor sich hin. Sie nahm ihren Teller und schöpfte sich eine Portion. »Jetzt komm halt, mach Mittag, die Wäsche rennt dir nicht weg.«

Miriam setzte sich an den Küchentisch und stocherte in der Salatschüssel.

Traudl kaute geräuschvoll, schluckte und fragte dann: »Was wollte der Hubertus gestern, dieser selbst ernannte Hühnerbaron? Was treibt der sich auf unserem Hof rum? Den ärgert es heute noch, dass ich vor über dreißig Jahren die Wiese vom Martin gekauft hab. Aber ich konnte mehr bieten als er.«

»Ich weiß.«

»Der will euch nur was abnehmen. Ihr wollt doch nichts verkaufen, oder? Der hat zwei Buben, die den Hof weiterführen wollen. Der Ältere will anscheinend ganz auf Hühner umstellen, aber das will der Hubertus daheim nicht dulden. Da wäre ihm unser Hof gerade recht dazu, der will ihn euch abluchsen!«

Miriam stand auf und ging mit dem leeren Teller in der Hand zum Herd.

»Miriam! Ihr wollt doch nichts verkaufen?«

»Nein.«

»Hargott Mädel, jetzt erzähl halt, was los ist.«

»Vereeenaaa! Magdaleeeena!« Wolfis Stimme klang heiser. Saras Tränen hinterließen einen feuchten Fleck auf seiner Schulter. Er streichelte ihren Rücken und summte ein Schlaflied, vor allem, um sich selber zu beruhigen.

Wo könnten sie sein? Die Wiesen waren abgegrast, die Gesteinsbrocken dazwischen zu klein zum Verstecken. Er musste zum Wald. Hier, im freien Gelände, würde er sie nicht finden. Er wischte mit dem Zeigefinger Saras Tränen fort und murmelte: »Wo sind deine Schwestern? Weit weg können sie nicht sein. Das Wasser im Bach war noch trüb. Sie müssen in der Nähe sein.«

Sara beruhigte sich und schnupfte in sein Hemd. Er drückte sie an sich und ging mit zügigen Schritten weiter. Er stolperte über einen Maulwurfshügel, konnte das Gleichgewicht gerade noch halten, und als er aufschaute, sah er einen Jägerhochsitz am Waldrand. Von hier aus hatte der Jagdaufseher den Wolf mehrere Male beobachtet.

Wolfi rüttelte an der Leiter. Sie wirkte stabil, der Sitz war in großer Höhe angebracht. Von dort oben hätte er einen guten Rundumblick. Er setzte Sara auf einen bemoosten Stein. Sofort fing sie an zu heulen.

»Pscht! Warte einen Moment. Bleib sitzen. Ich ...«

»Papa!« Das war nicht Sara. Er hörte eine vertraute Stimme.

»Pscht, sei leise, ich hab Verena gehört. Pscht, zefix!«

Doch die Kleine weinte nur noch lauter.

»Vereeena. Wo bist du?«, schrie er in den Wald.

Er hielt Sara den Mund zu und lauschte.

»Hier oben!«

Vor Erleichterung schloss er die Augen und atmete lange aus, bevor er die Leiter hochkletterte. Beide Mädchen saßen umschlungen auf der einfachen Holzbank. Verena löste sich von ihrer Schwester. »Magdalena hat sich nicht mehr runtergetraut, und sie hat nicht allein bleiben wollen. Wir haben ein halb totes Lamm gesehen, und dann haben wir gedacht, der Wolf, der wird einen Riesenhunger haben, und wir sind fortgerannt und haben uns versteckt, und hier herauf kann der Wolf nicht. Der Wolf ist ein Hund, und Hunde klettern nicht und ...«

Magdalena stand auf und tappte unsicher zur Leiter herüber. Sie klammerte sich wortlos an seinen Hals. Ihr Körper bebte unter den unterdrückten Schluchzern. Wolfi streichelte über ihre langen Haare. »Sch, sch, alles gut. Ich bin da. Leni-Schatz, alles gut. Ich lass euch nie wieder allein. Versprochen.«

Auf der Rückfahrt hielt Wolfi vor dem Gatter, stieg aus und ging die paar Schritte bis zum Bach. Konzentriert zählte er die Lämmer durch. Kein Zweifel. Es waren nur noch vierzehn!

»Gopferdammi, dieser Scheißwolf. Jetzt muss ich die Schafe jeden Tag in den Stall treiben, als ob ich nicht sonst schon genug Arbeit am Hals hätte. Zefix noch mal«, schimpfte er vor sich hin, als er wieder ins Auto stieg.

»Wirst du den Wolf jetzt töten?«, fragte Magdalena ängstlich.

»Nichts würde ich lieber tun, aber ich hab Mama versprochen, mich da rauszuhalten. Ein Lamm zu verlieren, tut weh, aber unsere Familie bring ich deswegen nicht in Schwierigkeiten.«

Freitag, 4. September
sechs Tage später

Wolfi schloss kurz seine Augen, zwinkerte zweimal und spähte erneut durch das Zielfernrohr. Die Bäume und Büsche bewegten sich nicht, selbst die wenigen Wolken am Himmel schienen bewegungslos auszuharren. Siebzehn Uhr war die ideale Zeit, ein Insider-Tipp von Hubertus, als er letztens wieder wegen dem Verkauf der Wiese da gewesen war. Der Nachbar hatte wohl nicht geahnt, dass Wolfi mit einer Schusswaffe umgehen konnte. Die Nachbarn ahnten vieles nicht.

Das Gewehr lag gut in der Hand. Trotzdem, sein letzter Schuss war lange her. Wann war das gewesen? Vor vier Jahren oder fünf? Egal. Er musste sich konzentrieren. Er würde sich nicht blamieren. Seine Hände waren ruhig und entspannt wie die eines geübten Schützen. Nur seinen Atem musste er besser unter Kontrolle bringen. Es eilte nicht. Er atmete tief ein und lange aus. Der Finger am Abzug wurde warm, kribbelte, blieb aber ruhig. Ein Insekt surrte über ihm. Nicht ablenken lassen, zielen, atmen, zielen und drücken. Mit viel Gefühl drückte er ab und ließ das Gewehr sinken. Es fühlte sich gut an.

Er löste seinen Blick, blickte zu den Wolken hinauf, schloss für ein paar Sekunden die Augen und schaute über die Wiese zu seinem Ziel. Hundertfünfzig Meter Distanz. Er hatte gut gezielt. Getroffen. Sein Grinsen wurde breiter. Sehr gut getroffen. Respekt!

Sonntag, 6. September
Kilbesonntag

Nach dem Frühstück steckte Miriam den Zopf mit ein paar Spangen auf Magdalenas Kopf zu einem Kranz. »Hübsch siehst du aus. Lauf zur Traudl und frag sie, ob sie mit auf die Kilbe geht.«

Magdalena tanzte in ihrem Dirndl durch den Flur und öffnete die Tür zu Traudls Wohnung. »Bist du krank?«, fragte sie erschrocken, als sie Traudl auf dem Kanapee liegen sah. Die langen grauen Haare waren offen, die Augen in tiefen Höhlen, und auf dem Boden stand eine halb leere Schnapsflasche.

»Ich darf das Dirndl anziehen.« Magdalena drehte sich vorsichtig einmal um die eigene Achse.

»Wunderschön, pass gut auf, dass es nicht schmutzig wird.« Traudls Stimme klang kraftlos.

»Gehst du nicht mit auf die Kilbe?«

»Ich kann nicht aufstehen, das Wetter schlägt um. In der Tischschublade liegen ein paar Münzen. Du darfst drei Eurostücke für euch Mädchen rausholen.« Dann legte sie den Finger auf die Lippen und flüsterte: »Nichts der Mama verraten.«

Magdalena strahlte. »Danke.«

Miriam trat ebenfalls in Traudls Wohnküche. »Um Gottes willen, geht es dir nicht gut?«

»Das Wetter, die Gelenke, ich bleib liegen.«

»Hast du Schnaps getrunken?«, fragte Miriam und nahm die Flasche an sich. »Du weißt doch, dass dir der nicht guttut.« Sie schüttelte den Kopf. »Komm, Magdalena, dann geh ich eben allein mit euch auf die Kilbe.«

»Aber Papa hat versprochen, uns ein Geschenk zu kaufen. Wo ist er?«

Miriam zuckte die Schultern und seufzte: »Keine Ahnung. Er ist gestern noch ins Clubheim vom Horner Verein. Wahrscheinlich haben sie hauptsächlich gesoffen. Im Bett war er jedenfalls nicht, aber die Kühe sind gemolken.«

Als Waldinger und Helga nach der Sonntagsmesse auf den Dorfplatz hinaustraten, zogen niedrige Wolken über den grauen Himmel. Waldinger zog sein Sakko über den Bauch und verschränkte die Arme, damit der frische Wind ihm nicht in alle Glieder fuhr. Am Straßenrand tummelten sich Turbanträger mit ihren Ständen voll Plastikkram und Glitzershirts. Auf dem Platz vor der Kirche hatten die Einheimischen ihre Stände aufgebaut. Die rot-weiß gestreiften Stoffdächer flatterten, ein Kletterturm war mit zahlreichen Kindern belegt, und fröhliche Stimmen erfüllten die Luft. Die Kirchenglocken verkündeten den Segen, und als sie verklungen waren, spielten die Dorfmusikanten einen ersten Marsch. Die alljährliche Kilbe war eröffnet.

»Siehst du Kathrin oder Martin mit den Kindern?«, fragte Helga und schaute sich suchend um.

»Die werden später kommen. Aber Annika ist da vorne an dem Stand mit den zwei Stehtischen.«

»Da müssen wir fast unterschreiben und etwas spenden, oder?«, meinte Helga, während sie langsam über den Platz schlenderten.

»Ich kauf lieber für Lorenz einen Traktor.«

»Aber die sind alle aus Plastik, Annika mag nur Holzspielzeug.«

»Ich kauf ihn ja für den Buben, und er kann ihn in unserem Wohnzimmer parken«, flüsterte Waldinger, weil sie am Stand ihrer Schwiegertochter angekommen waren.

Während sie an einem der Tische Prospekte des Vereins »Wälder für den Wolf« verteilte und Fragen beantwortete, stand am zweiten Tisch Amann in seinem Lodenjanker. »Grüß Gott zusammen«, grüßte er die Waldingers. »Habt ihr einen Euro für den Wolf? Es darf auch gerne etwas mehr sein.« Lachend hielt er ihnen eine Blechbüchse vor die Nase.

Im selben Moment klopfte jemand Waldinger von hinten auf die Schulter. »Das ist nicht dein Ernst, oder?« Jerry schaute auf ihn herunter, Finn auf dem Arm und Kathrin an der Hand. »Wenn du Geld übrig hast, gibst du's besser Miriam und Wolf vom Kohlbachhof, denen hat das Scheißvieh nämlich Schafe gerissen, und jetzt will keiner für den Schaden aufkommen.«

Annika stellte sich zu ihnen. »Die sind selber schuld, andere haben sich an die empfohlene Stallpflicht gehalten, denen wurde kein Tier gerissen.«

»Glaubst du, Wolf und Miri haben nichts anderes zu tun, als jeden Morgen und jeden Abend nach Hinteregg zu fahren und die Schafe einzusammeln? Wer zahlt denn den Zeitaufwand, das Stroh, den Diesel für die Fahrten? Was hast du mit diesem Wolfsverein am Hut? Was macht ihr denn mit den Spendengeldern?«

»Wir drucken Infobroschüren, besorgen Materialien, damit die Schulen dieses Thema vertiefen können, wir…«

»Hast du das gehört?«, fragte Jerry Waldinger. »Dafür willst du dein Geld ausgeben?«

»Ich hab kein Geld übrig, erst kauf ich nämlich ein Kilbegeschenkle für Finn, und dann lad ich euch alle auf ein Getränk ein«, versuchte Waldinger, die Stimmung zu retten und die Blicke zwischen Jerry und Annika zu ignorieren. Er nahm Finn auf den Arm, ließ die anderen stehen und ging mit ihm zu dem Stand mit den Plastiktraktoren.

»Helga, Nolde!« Feurstein und seine Frau Agnes saßen an einem der Biertische und winkten sie zu sich. »Setzt euch zu uns, ich geb eine Runde aus.«

Waldinger nickte erleichtert. Die Streiterei zwischen Jerry und Annika war ihm auf den Magen geschlagen. »Danke, ich kann einen Schnaps brauchen.«

»Musst du nicht nüchtern bleiben?«, fragte Feurstein. »Du machst doch sicher beim Buschelwettbewerb mit, ich werde deine Buschel natürlich ersteigern.«

»Du bist gut, du hast ja nicht mal einen Kachelofen. Ich hab gehört, der Bauer vom Kohlbachhof will dieses Jahr wieder gewinnen«, sagte Waldinger. »Man hat die Schmierfinken übrigens gefunden, die seine Stallmauer vollgesprayt haben. Die fünf Jugendlichen mussten letzte Woche alles neu streichen.«

»Ein dummer Scherz«, sagte Agnes. »Zum Glück habt ihr sie gefunden. Das muss für die Familie ein ungutes Gefühl gewesen sein. Durch diese Leserbriefe in letzter Zeit habe ich richtig Angst um die Kohlbachhöfler bekommen, die Tierschützer werden immer rabiater, und bei vielen bleibt dabei die Menschlichkeit auf der Strecke.«

»Jetzt hört mir endlich auf mit denen!« Feurstein nahm sein Glas und stieß mit Waldinger an.

»Wieso? Kommst du mit deinen Nachbarn nicht klar?«

»Wann warst du denn zuletzt auf dem Kohlbachhof, bei uns im Garten, irgendwo im Unterdorf zu Fuß oder mit dem Fahrrad unterwegs?«

»Auf was willst du hinaus?«

»Dieses riesige Gülleloch. Jeden Monat kommt so ein Kuttelsieder vom Rheintal herein und lädt dort seine stinkende Brühe ab. Ich bin hier aufgewachsen, lieber Nolde, wegen einer Fuhre Mist reg ich mich nicht auf. Und dieser Abfall landet auf den Feldern. Wahrscheinlich ist demnächst unser Trinkwasser belastet. Es war schon mit der Traudl nicht immer einfach, aber dieser Schweizer meint wohl, das Geld fließt schneller, wenn man diverse halblegale Projekte aufzieht. Wenn wir Nachbarn vor dem Bau gewusst hätten, was da drin gelagert wird …«

Montag, 7. September

Der Regen tropfte auf die Wellblechplatten, mit denen Wolfi das gespaltene und gestapelte Brennholz abgedeckt hatte. Die Luft war merklich kühler als in den vergangenen Tagen, und Traudl atmete tief ein, als sie aus der Haustür ins Freie trat. Es war noch dunkel, aber sie war ihr Lebtag lang gern früh aufgestanden. Jahrzehntelang hatte sie die morgendliche Ruhe und Wärme im Kuhstall genossen. Dreihundertfünfundsechzig Tage im Jahr hatte sie morgens und abends die Kühe gemolken. Sie dachte einen Moment daran zurück, wie sie es vermisst hatte, als sie ihre erste Reise unternommen hatte. Zum fünfzigsten Geburtstag hatte ihr Mann ihr eine Wallfahrt nach Lourdes geschenkt. Vier Tage war sie unterwegs gewesen und anschließend wie ein neuer Mensch nach Hause gekommen. Von da an hatte sie sich diesen Luxus fast jedes Jahr gegönnt, und demnächst war es wieder so weit.

Sie knüpfte mit steifen Fingern ihre dicke Strickjacke zu und band das ausgefranste Kopftuch auf ihre Haare. Mit kleinen Schritten trippelte sie um die unzähligen Wasserlachen auf dem Kiesplatz und öffnete die Stalltür. Warme Luft umfing sie, und leise brummte die Melkmaschine vor sich hin.

»Guten Morgen, Miriam.«

»Morgen.«

»Sind die Mädchen allein im Haus? Ich beeil mich, dann bin ich in einer Viertelstunde wieder drüben.«

»Könntest du ausnahmsweise später den Mist zur Lagune bringen? Ich wär froh. Sara ist oft so früh wach, sie hört den Teleskoplader meistens«, sagte Miriam, stand mühsam auf und streckte den Rücken durch. »Hilfst du mir kurz mit dem Kübel?«

Traudl trat näher und musterte das rote Band, das um das Bein einer der Kühe gebunden war. Miriam bemerkte ihren Blick. »Der Tierarzt hat Reni am Samstag Antibiotika gespritzt. Ich hab ihr eben das Band umgebunden, damit ich daran denke. Ich werde ihre Milch mit dem Getreideschrot für die Sauen mischen.«

»Ich hol die Schubkarre«, sagte Traudl. »Wir stellen den Kübel hinein, und dann müssen wir Hilfe besorgen. Meine steifen Glieder und deine Schwangerschaft, es geht nicht anders.«

»Gemeinsam schaffen wir das heute Morgen, und am Abend ist Wolfi sicher wieder da.«

Miriams Stimme klang unsicher.

Waldingers Stimme kratzte im Hals, und seine Schläfen pochten. Während der Fahrt ins Landeskriminalamt nach Bregenz ließ er die Autoscheibe einen Spaltbreit offen und lutschte eine ganze Packung Pfefferminzbonbons. Er parkte möglichst nahe bei der Eingangstür und ging langsam die Treppen zu seinem Büro hinauf. Auf seinem Schreibtisch lag eine Notiz. Waldinger nahm den Zettel auf und las die hingekritzelten Worte: »Bitte am Montagmorgen auf dem Posten in Egg anrufen. Gruß!«

Die Unterschrift war unleserlich. Wer hatte am Sonntag Dienst gemacht? Er hatte keine Ahnung, nahm den Hörer in die Hand und wählte.

»Georg Giselbrecht, Gendarmerieposten Egg!«

Waldinger trank einen Schluck Wasser und räusperte sich. »Servus, Georg, hier Waldinger, bei mir liegt die Nachricht, dass ich mich melden soll.«

»Reinhold, ich hab gestern versucht, dich zu erreichen. Am Sonntagmorgen haben die Hotelgäste vom Schetteregger Hof einen Schuss gehört. Der Wirt hat mich nach der Kirche auf meinem Handy angerufen. Seit diesen Wilderern in Sibratsgfäll erreichen mich immer wieder solche Anrufe. Ich hab ihn dann beruhigt und gedacht, die Geschichte ist erledigt. Aber dann kommt tatsächlich am frühen Abend Jürgen Amann zu mir ins Haus.«

»Jürgen Amann von diesem Wolfsfreundeverein? Der war gestern auf der Kilbe in Bizau und hat die Leute um Spendengelder angebettelt.«

»Das kann ich mir lebhaft vorstellen. Jedenfalls fragte er mich, was ich alles unternommen habe und ob ich den Schützen erwischt hab. Der war völlig, na ja, sobald es um den Wolf geht, erkennst du den Mann nicht wieder. Früher ein biederer Geschäftsmann und langweiliger Dorfpolitiker überkommt ihn im Alter plötzlich die Leidenschaft. Auf jeden Fall bin ich ihm nicht mehr ausgekommen und hab versprochen, die Kripo zu informieren. Das hab ich hiermit getan. Jetzt kannst du ihm Rede und Antwort stehen.« Giselbrecht lachte.

Waldinger fand das weniger lustig. »Was denkt der, was ich jetzt unternehme?«

»Das kann ich dir sagen. Er erwartet, dass du diesen Bauern festnimmst, der auf der Podiumsdiskussion gesagt hat, er lade seine Flinte.«

Miriam hatte Magdalena vor der Schule verabschiedet und Verena in den Kindergarten gebracht. Bei beiden hatte es Tränen gegeben, doch Miriam hatte keine Zeit gehabt, um länger zu bleiben. Letzte Woche hatte Wolfi eine der Sauen in die Metzgerei gefahren. Heute hatte der Metzger kurz vor sieben Uhr am Morgen angerufen, Miriam sollte das Fleisch abholen. Er brauche Platz in der Kühlkammer.

Traudl half beim Abladen. Die roten Kisten waren schwer, beide durften und konnten sie keine Lasten heben, doch sonst war niemand da. Sie transportierten den Kistenstapel mit einem Rollbrett von der Haustür in die Küche.

»Wie schwer war die Sau?«

Miriam zuckte mit den Schultern. »Ich hab den Metzger nicht gefragt, ich bin mit den Gedanken momentan woanders.«

»Das Fleisch sieht gut aus, aber du musst zur Polizei.«

»Und wenn sie ihn einsperren, wenn er wirklich ein Wolfsmörder ist?« Miriam setzte Sara mit einer Packung Butterkekse vor den Fernseher und suchte den Kinderkanal, währenddessen zupfte Traudl ihre Schürze zurecht und begann, die Fleischstücke in Gefriersäckchen zu packen. Sie legte sie offen auf den Küchentisch und kommentierte, wenn die Fleischart wechselte. Miriam verschloss die Säcke mit Haushaltsgummis und beschriftete alles: Schnitzel, Bauch, Stelze, Braten, Kotelett, Hackfleisch ... Ungestört und beinahe wortlos verrichteten sie ihre Arbeit. Nach zwei Stunden streckte Miriam sich und meinte: »Ich schau kurz nach Sara, die wird eingeschlafen sein, so ruhig wie es ist.«

»Weißt du was, Miriam? Nach dem Mittagessen nehm ich die Mädchen mit zu mir, und du rufst alle Kollegen und Freunde von Wolfgang durch. Wenn niemand etwas weiß, informierst du die Polizei. Schneider weiß sicher, was zu tun ist.«

Miriam ging in die Stube, betrachtete Sara, die auf ihrem Lieblingskissen eingeschlafen war, und schaltete den Fernseher aus. Sie musste handeln, musste irgendetwas tun. Wolfi würde nicht einfach abhauen, ohne ihr Bescheid zu geben. Irgendetwas musste passiert sein. Er hatte Magdalena versprochen, sie am ersten Schultag zu begleiten und ...

Die Klingel schreckte sie aus ihren Gedanken. »Wer ist das? Mein Gott, wenn Wolfi ...«

»Herein, wir sind in der Küche«, rief Traudl und putzte die Finger an einem Handtuch ab. Ein kleiner Mann mit Glatze und einem bemühten Grinsen kam herein. »Grüß Gott, die Damen, immer fleißig?«

Miriam ging zur Spüle, um sich die Hände zu waschen, und schluckte. »Servus, Xaver, du kommst außer der Reihe. Warst du nicht erst vor drei oder vier Tagen zum Milchproben da?«

»Ja, und ich will euch nicht aufhalten. Wo ist der Wolfgang? Du wirst in deinem Zustand hoffentlich nicht mehr melken?«

Miriam legte die Hände auf den Bauch und räusperte sich. »Der ist nicht da. Kann ich dir weiterhelfen?«

»Im Grunde brauch ich euch nicht. Ich wollte nur sagen, dass ich einen Blick in den Stall und die Milchkammer werfe.«

»Warum?«, fragte Traudl misstrauisch, während sie daranging, die letzten Knochen einzusacken.

»Wir hatten gestern in der Sennerei ein Problem. In einem Kessel war mit Antibiotika verunreinigte Milch. Sie stammte aus dem Tanklaster, der hier in Bizau die Milch eingesammelt hatte. Jetzt red ich halt mit allen Melkern und schau mich ein wenig um. Ich muss der Sache natürlich nachgehen.«

»Wir sind fast fertig«, erklärte Miriam. »Gehst du mit, Traudl? Dann schau ich, dass ich alles aufgeräumt habe, bevor die Mädchen heimkommen.« Sie lachte nervös. »Die mögen zwar Fleisch essen, aber so sehen möchten sie es lieber nicht.«

Traudl nickte und band die Schürze ab. »Du magst sicher auch Schweinsbraten.« Sie suchte mit zitternden Händen eine Packung heraus und drückte sie dem Milchkontrolleur in die Hand. »Sagst deiner Frau einen Gruß.«

Waldinger hatte sich von Annette Wolfgang Thönis Handynummer raussuchen lassen, doch er erreichte ihn nicht. Das Telefon war ausgeschaltet. Nach dem fünften Versuch hatte er aufgegeben und sich um einen Fall von wiederholtem Ladendiebstahl gekümmert. Er sortierte die Unterlagen in die richtige Akte, als Annette ihm einen Anruf durchstellte.

»Waldinger, Kripo Bregenz.«

»Grüß Gott, Jürgen Amann am Apparat. Endlich habe ich den Zuständigen erreicht, ich bin seit mehreren Minuten in der Leitung.«

»Einen schönen Montagvormittag wünsch ich«, sagte Waldinger und massierte seine Schläfen.

»Was heißt hier ein schöner Vormittag? Hat Giselbrecht noch nicht angerufen? Vermutlich ist am Sonntagmorgen der Wolf erschossen worden. Ich konnte die ganze Nacht nicht schlafen. Der Gedanke macht mich fertig. Nur, weil so ein einfältiger Bauer denkt, sein Lamm sei mehr wert als Meister Wolf. Habt ihr ihn denn endlich verhaftet?«

»Bring mir erst den toten Wolf. Ohne Beweise sind mir leider die Hände gebunden.«

»Ja zefix, was ist denn das für eine Unverschämtheit? An wem liegt denn das Beweisesammeln? Das ist doch der Job von der Kripo. Schaut nach, ob dem seine Flinte zugelassen ist, wann zuletzt damit geschossen wurde und ob er ein Alibi hat.«

»Wann hast du den Schuss gehört?«

»Die Gäste haben ihn gehört, aber bei der Uhrzeit sind sie sich nicht ganz einig. Zwischen vier und sechs Uhr am Sonntagmorgen. Der Wirt hat mich gleich beim Frühschoppen informiert.«

»Gut, dann bin ich im Bilde und sehe, was ich tun kann.« Waldinger versuchte, höflich zum Abschluss zu kommen. Wenn er bei jedem Geräusch in einem Wald jemanden verhaften müsste, wäre das ein Ganztagsjob. Doch Amann war noch nicht fertig. »Ich habe heute schon versucht, den Bauern zu erreichen, aber er hat sein Handy ausgeschaltet. Das ist im Grunde Beweis genug. Wenn ihr ihn erwischt habt, gib mir dringend Bescheid. Vielleicht hat er nicht gut getroffen, und das arme Tier liegt verletzt im Wald.«

»Wenn dem so ist, meld ich mich. Einen schönen Tag noch.« Waldinger legte auf. Er konnte ja am Abend kurz auf dem Kohlbachhof vorbeifahren, der lag auf der Strecke.

Traudl nahm die drei Mädchen mit in ihre Wohnung. Sie schaltete den Fernseher ein und legte sich seufzend aufs Kanapee. Vorsichtig streckte sie die Füße aus und legte die Hände ruhig übereinander. Der Doktor musste ihr dringend stärkere Schmerztabletten und bessere Schlafmittel verschreiben. In der vergangenen Nacht hatte sie trotz der Flasche Rotwein keinen Schlaf gefunden. Sie fühlte sich alt und müde, unglaublich müde.

Plötzlich spürte sie eine warme Hand auf ihrem Unterarm.

Verschlafen öffnete Traudl die Augen und sah auf die Uhr.

Entsetzt fuhr sie hoch. »Jessas, Sara, es ist drei Uhr. Ich muss eingeschlafen sein. Wo sind Magdalena und Verena?«

Mühsam stand sie auf, zog ihre Kittelschürze gerade, fuhr mit den Fingern über ihre am Hinterkopf verknoteten Haare und schaute in die Stube. Der Fernseher lief, doch die Kissen auf dem Boden wirkten unberührt, von den Kindern war nichts zu sehen. Sie schaltete den Apparat aus und horchte. Keine Schritte, kein Lachen, alles war ruhig. Viel zu ruhig für ein altes Bauernhaus, in dem jeder Ton durch alle Stockwerke schallte.

Traudl nahm Sara an der Hand und eilte, so gut es ging, zu Miriams Wohnung. »Magdalena, Verena, Miriam!«

Sie öffnete die Küchentür, sah in die Stube, rief und schaute in jedes Zimmer, niemand da. Sie riss die Haustür auf, der Regen wehte in den Flur herein, das Auto fehlte. Wo war Miriam?

Wieso hatte sie nicht Bescheid gegeben? Hatte sie die Mädchen mitgenommen? Oh mein Gott, Vater unser im Himmel! Die Mädchen durften nicht auch noch verschwinden, sonst drehte Miriam völlig durch. So, wie sie im Moment beieinander war. Mein Gott, Miriam, wo bist du, wo sind die Kinder? Ich weiß, ich hab versprochen, auf sie aufzupassen, es tut mir leid. Mit wem hast du telefoniert? Was hat man dir gesagt, wo bist du hin? Was soll ich tun? Ich kann doch nicht einfach warten. Wo ist der Kinderwagen, Sara, du setzt dich in den Wagen. Wo ist er?

Sie schaute in die offene Garage und holte den mitgenommenen Buggy raus. »Setz dich. Hoffentlich hat einer der Nachbarn gesehen, wo sie hingefahren ist und ob die Mädchen im Auto saßen. Vielleicht finden wir Magdalena und Verena bei einer Freundin. Ich muss sie finden. Sofort, lieber Gott und alle Schutzengel, steht mir bei.«

Verdammtes Sauwetter. Ich muss uns was überziehen. Die Leute halten mich sonst für verrückt. Wenn den Kindern was passiert ist, stecken die mich in die Klapsmühle. Ich weiß genau, was die hinter meinem Rücken reden. Lieber Gott, steh mit bei. Wo um alles in der Welt sind die drei?

Eine Stunde später war Traudl fix und fertig. Sie saß auf der Bank vor dem Haus, und Sara weinte im Kinderwagen. Beide waren völlig durchnässt. Bei dem Wetter war niemand im Garten, und keiner hatte Miriam, das Auto oder die Kinder gesehen. Am liebsten hätte Traudl mit Sara gemeinsam geweint. Sie lehnte sich an die Lehne der Bank, holte den Rosenkranz aus ihrer Rocktasche und fing an zu beten. »Heilige Maria, Mutter Gottes ...« Mechanisch zählte sie die Gebete an den Perlen des Rosenkranzes mit. Als sie ein Motorengeräusch auf der Zufahrtsstraße hörte, hielt sie inne und schaute ungläubig auf die Perlenschnur in ihren Händen. Sie hatte fast einen ganzen Rosenkranz gebetet. Sara war erschöpft eingeschlafen. Dieses momentane Chaos hinterließ auch bei der Kleinen Spuren. Traudl wischte ihr mit ihrem großen Stofftaschentuch zärtlich den Regen aus dem Gesicht.

Das Auto fuhr in die Hofeinfahrt, es klang nach dem Pick-up. Traudls Herzschlag wurde schneller und schneller. »Bitte, bitte, bitte. Lieber Gott, mach, dass die Mädchen auf der Rückbank sitzen. Ich zahl eine Messe und zünd eine Kerze an.«

Miriam parkte, das Motorengeräusch erstarb, die Scheibenwischer quietschten. Die Autotür öffnete sich, und Traudls Hoffnung schwand dahin. Sie kämpfte sich mühsam auf, wollte näher an das Autofenster. Miriam rannte zu Sara und nahm das klatschnasse Mädchen aus dem Kinderwagen. »Tante, was machst du? Ihr seid völlig durchnässt. Kommt, wir gehen rein, ihr werdet noch krank. Ich war bei der Polizei. So ein Theater. Wo sind Verena und Magdalena?«

Traudls Knie gaben nach, und sie sank langsam gegen das Auto und zu Boden. Sie hörte Miriams Stimme wie aus weiter Ferne. Irgendwo krähte ein Hahn. Dann kippte Traudls Kopf zur Seite, und sie rutschte in den matschigen Kies.

Waldinger kaute auf dem Ende seines Kugelschreibers herum. Der Bericht schrieb sich einfach nicht von allein fertig. Geradezu froh über die Störung nahm er das Telefon beim ersten Klingeln ab. »Kripo, Waldinger.«

»Servus, Reinhold, Schneider am Apparat.«

»Was gibt's Neues? Hat jemand einen Schuss gehört?«

»Bitte? Wen hat man erschossen?«

»Niemand, aber bei Giselbrecht in Egg laufen die Telefone heiß, weil in der Nacht ein Jäger im Wald war.«

»Wilderer?«

»Ne, ne, also, wegen was rufst du an?«

»Ich bin überfordert, wenn ich das so ehrlich zugeben darf. Eine junge Frau hat bei mir eine Vermisstenanzeige aufgegeben. Normalerweise werden bei uns nur Katzen und Kanarienvögel vermisst, und wahrscheinlich landet diese Geschichte in Kürze eh bei dir auf dem Tisch. Können wir das Verfahren abkürzen, und du übernimmst den Fall von Anfang an?«

»Wer oder was ist denn verschwunden?«

»Am Sonntagmorgen hatte der Bauer die Kühe gemolken, und seitdem hat ihn keiner mehr gesehen.«

»Heute ist Montag. Meistens tauchen Vermisste bald wieder auf. Wenn du willst, schau ich mir die Sache an. Ich sollte zwar einige Berichte fertig schreiben, aber das kann vielleicht Koch übernehmen.«

»Eine Kollegin ist das, was mir auf dem Posten fehlt. Eine, die gerne schreibt«, seufzte Schneider. Doch bevor er ins Plaudern verfiel, fragte Waldinger: »Wo ist der abgängige Mann denn daheim? Wie alt ist er? Könnte er dement sein und sich verlaufen haben?«

»Ne, ne, der ist nicht dement, und er wohnt in deinem Heimatdorf, Reinhold. Ein Bizauer wird vermisst. Der Name, Moment ...« Das Papierrascheln dauerte. »Er ist gebürtiger Schweizer, dreißig Jahre alt und heißt Wolfgang Thöni, aber die meisten nennen ihn schlicht Wolf. Kennst du ihn?«

Traudl erwachte und schaute sich verwirrt um. Wieso lag sie auf Miriams Couch, und warum war ihre Schürze so nass? Was machte der Doktor hier? Vorsichtig hob sie den Kopf. »Weshalb ...?«

»Traudl!« Miriam kam zu ihr und nahm ihre Hand. »Mein Gott, Tante. Gott sei Dank. Was machst du?«

»Sie braucht erst mal Ruhe«, mischte der Arzt sich ein.

»Wo sind die Kinder?«

Traudl spürte, wie ihr das Blut in den Kopf strömte. Plötzlich war ihr heiß, als hätte sie Fieber. Ihr Magen verkrampfte sich schmerzhaft. Ihre Finger verknoteten sich ineinander, sie bekam kaum Luft, das Herz raste.

»Wo sind sie?«

Traudl wollte sich die Ohren zuhalten. Das Blut rauschte so laut. Sie hielt das nicht aus. Der Doktor, sie brauchte Tabletten, diese Schmerzen ...

»Tante!«

Sie war Miriam eine Antwort schuldig. Was sollte sie nur sagen? »Ich weiß nicht, ich hab sie gesucht, ich war überall.«

Der Arzt nahm ihre Hand und fühlte den Puls.

»Sie sind einfach gegangen, ich dachte, sie sind mit dir fortgefahren, oh Gott, du musst sie finden, sie, sie, sie sind ...«

»Wo sind sie?«

»Fort.«

Der Doktor ließ Traudls Hand sinken und führte Miriam zu einem Stuhl.

»Kinder verschwinden nicht. Es ist verständlich, dass eure Nerven in dieser besonderen Situation ein wenig instabil sind, aber sie werden nicht weit sein. Wer wohnt denn in der Nähe? Oma, Tante, Freundinnen?«

»Sie gehen nicht weg, ohne mir Bescheid zu geben. Nie.«

»Du warst nicht da.«

»Dann hätten sie Traudl gesagt, wo …«

»Ich, ich hab mich kurz aufs Kanapee gelegt, ich bin eingeschlafen. Vielleicht haben sie was gesagt, aber ich hab es nicht gehört …«

»Mit vielleicht kommen wir nicht weiter.« Der Doktor stand auf. »Wo ist das Telefon? Ruft mal in der Nachbarschaft durch.«

»Es liegt neben der Kaffeemaschine«, sagte Miriam.

»Ich hab gesucht und gefragt, niemand hat sie gesehen.« Der Arzt kam mit dem Schnurlostelefon ins Zimmer. »Da sind vier Anrufe auf dem Anrufbeantworter. Vermutlich sind nicht nur die Mädchen wohlauf, sondern auch Wolfgang irgendwo im Trockenen.«

Er gab Miriam das Telefon in die Hand, und Traudls Herzschlag beruhigte sich spürbar. Miriam drückte auf die Tasten, und endlich sagte eine monotone Stimme: »Sie haben vier neue Nachrichten.«

Sie horchten angespannt. Rauschen, Knacken, aufgelegt. Beim zweiten Mal dasselbe. Das durfte nicht wahr sein!

Fahrig tippte Miriam weiter auf den Knöpfen herum. Wieder lauschten sie. Rauschen, knacken und dann hörten sie eine Stimme aus der Ferne. »Noch immer niemand daheim.«

Aufgelegt.

Erst bei der vierten Nachricht hatte jemand sich die Mühe gemacht, aufs Band zu reden.

»Servus, Wolfgang, ich bin‘s, Tommy. Warum gehst du nicht ans Telefon? Du, deine Kinder suchen dich. Ruf doch kurz zurück.«

»Wer ist Tommy?«, fragte Traudl, und Miriam zuckte die Schultern. »Es wird keine Nummer angezeigt. Unbekannter

Anruf. Wie zum Teufel soll ich da zurückrufen? Was ist denn das für ein Volltrottel? Was tut der mit meinen Mädchen?«

Der Scheibenwischer hinterließ Schlieren, der Fahrer vor Waldinger nahm die Gefahr des Aquaplanings zu ernst und zockelte mit fünfzig Kilometern pro Stunde statt der erlaubten achtzig über die Bundesstraße. Im Bizauer Unterdorf zweigte Waldinger auf Höhe der Schreinerei rechts von der Hauptstraße ab, fuhr an der Josefskapelle vorbei und dann direkt auf den holprigen Zufahrtsweg zum Kohlbachhof. Er wich den größten Wasserpfützen aus und machte sich ein erstes Bild. Die Holzfassade des Vorderhauses war mit verwitterten Holzschindeln bedeckt, der daran anschließende Stall mit langen Brettern geschirmt. Blumenkästen mit roten Geranien, weiße Spitzenvorhänge an den Fenstern und ein Bauerngarten voller Ringelblumen und Gemüse zeugten von dem Bemühen, ein gemütliches Heim zu gestalten.

Erst auf den näheren Blick zeigten sich die schief hängenden Regenrinnen, die abgeblätterte Farbe der ehemals grünen Fensterläden und der Pick-up, übersät mit Rostflecken. Daneben stand ein regennasser Audi, der nicht ganz ins Bild passte. Waldinger parkte vor der angrenzenden Maschinenhalle, zog den Kragen hoch und eilte geduckt zur Haustür.

»Ist das nicht der Wagen des Doktors?«, fragte er sich, irgendwie kam ihm das Fahrzeug bekannt vor.

Waldinger kratzte sich am Kinn, drückte die unverschlossene Tür auf und zog im Flur die nasse Jacke aus. Da kam der Arzt ihm in die Quere.

»Grüß dich, Waldinger. Ich hab die Damen ruhiggestellt, die sind völlig fertig und durcheinander. Gut, dass du die Sache in die Hand nimmst. Ich muss weiter, ein Notfall im Bad Reuthe.«

Die Tür fiel hinter ihm ins Schloss, Waldinger hörte den Motor aufheulen und das Auto über den knirschenden Kies brausen. Der war anscheinend froh, den Hof verlassen zu können.

»Holla, jemand zu Hause?«, rief Waldinger zaghaft.

Keine Reaktion. Er klopfte an eine Tür nach der anderen, und am Ende des engen Flurs sagte jemand: »Ja?«

Er öffnete die mit Schnitzmustern verzierte Holztür. Blass und verheult saßen die alte und die junge Kohlbachbäuerin nebeneinander auf der Couch und schauten ihn mit großen Augen an. »Hast du angerufen? Wo sind die Kinder?«, fragte Miriam emotionslos.

Ihre Augen waren übernatürlich weit geöffnet, ihr schmales Gesicht extrem blass, die Arme hatte sie um den dicken Bauch geschlungen, als müsste sie sich selbst festhalten, um nicht umzukippen. Ihre Hände waren voll tiefer Schrunden, und sie wiegte den Oberkörper hin und her. Die Alte hingegen saß steif, als wäre sie festgewachsen, und bewegte nicht einmal ein Augenlid, während sie ihn verständnislos anstarrte.

»Ich bin der Waldinger Reinhold, ihr kennt mich doch. Schneider vom Posten in Bezau schickt mich, aber ich dachte, ihr vermisst Wolfgang. Da gibt es wohl ein Missverständnis.«

»Ich muss wissen, wer angerufen hat. Jemand hat meine Mädchen.«

»Ist Wolfgang mit den Kindern abgehauen?« Waldinger setzte sich auf einen der einfachen Holzstühle. Ein Kleinkind mit einer glatzköpfigen Puppe im Schoß saß unter dem Tisch und nuckelte am Daumen.

»Wer bist du denn?«, fragte Waldinger. Doch die Kleine wandte sich ab und ignorierte ihn. Ihre nassen Haare standen in Büscheln vom Kopf ab. Was war hier los?

»Jetzt bitte in aller Ruhe und von Anfang an«, bat Waldinger.

»Tommy. Wer ist Tommy?« Miriam stand schwerfällig auf und ging auf die Tür zu. »Ich muss in den Stall. Bitte, finde heraus, wer Tommy ist, und bring meine Familie zurück. Ich kann sie nicht suchen, ich muss die Kühe melken.«

Waldinger schaute ihr besorgt hinterher. Sie stand unter Schock und unter starken Medikamenten, sie redete wirres

Zeug. Wie konnte er ihr helfen? Wer war Tommy? Er warf einen Blick auf die alte Traudl, doch die schien ihn kaum wahrzunehmen. Was machte er mit dem kleinen Mädchen unter dem Tisch? Er schaute ratlos aus dem Fenster, sah Miriam langsam durch den Regen gehen und sich nebenbei ein Kopftuch umbinden. In der Nachbarschaft erkannte er das Haus der Feursteins. Er griff zum Telefon, das auf dem Tisch lag. Die Nummer seiner Cousine kannte er auswendig.

Es dauerte keine fünf Minuten, bis Waldinger Agnes die Haustür öffnete. Er schlüpfte in seine nasse Jacke, rannte gebückt zur Stalltür, trat ein und sog die Stallluft ein. Wortlos half er Miriam, bis alle Kühe gemolken waren. Dann folgte er ihr in die enge Milchkammer, wo sie sich auf eine Holzbank fallen ließ.

»Er würde mich nicht einfach sitzen lassen. Wolfi tut alles für uns. Er freut sich so auf das vierte Kind.« Sie kreiste mit der rechten Hand um ihren Bauchnabel. »Er ist am Samstagabend auf die Versammlung vom Horner Club gegangen, dann hab ich ihn nicht mehr gesehen. Es muss was passiert sein. Er würde uns nie im Stich lassen. Schon den ganzen Sommer über hat er den Mädchen …« Miriam schrak auf und schlug sich mit der flachen Hand mehrmals gegen die Stirn. »Was hat mir der Doktor gegeben? Ich kann nicht mehr denken.«

Sie stemmte sich auf und lief zum Auto. »Ich muss die Mädchen suchen.«

Waldinger eilte ihr hinterher und hielt sie am Ellbogen fest.

»Wir geben Traudl Bescheid, dann helf ich dir suchen. Agnes ist bei ihnen. Sie kümmert sich um die Kleine.« Er dirigierte Miriam zur Haustür, öffnete sie und lauschte.

»Danke, ja, bis gleich.«

Agnes legte den Telefonhörer auf.

Miriam stürmte zu ihr. »War das Wolfi, hat er die Kinder gefunden?«

»Das war Tommy.«

»Wer, zum Teufel, ist dieser Depp?«, schrie Miriam auf und konnte die Tränen nicht mehr zurückhalten.

Agnes hielt Miriams Hände fest. »Du kennst doch Zündels Thomas, den Koch vom Jagdhaus. Er hat Verena und Magdalena aufgelesen. Sie waren auf dem Weg nach Hinteregg, sie suchen ihren Papa.«

Dienstag, 8. September

Es war noch düster, als Waldinger mit seinem Rad ins Unterdorf fuhr. Der Regen hatte in der Nacht aufgehört, doch der Himmel hing voller dunkler Wolken. Er bog auf den Zufahrtsweg zum Kohlbachhof ein, der mit tiefen Wasserlöchern übersät war.

Er lehnte sein Rad an den Gartenzaun und klingelte an der Haustür. Miriam öffnete ihm. Trotz ihres dicken Babybauchs wirkte sie jung, mädchenhaft und zerbrechlich, auch wenn die starken Oberarme zeigten, dass sie zupacken konnte. Ihre Latzhose roch nach Stall. »Tut mir leid, ich hab mich noch nicht umgezogen. Komm rein. Die Kinder frühstücken gerade.«

»Kann ich was helfen?«

Sie schüttelte den Kopf. »Danke, setz dich dazu, oder lass dir einen Kaffee aus der Maschine. Ich zieh mich schnell um.«

Waldinger setzte sich zu den Mädchen an den Küchentisch, sie aßen Haferflocken mit frischer Milch.

»Habt ihr gut geschlafen?«

»Suchst du unseren Papa?«, fragte die Mittelgroße. Die dunklen Haare waren ungekämmt, und ein energischer Zug lag um ihre Mundwinkel. Das Mädchen strahlte eine Energie aus, die Waldinger bewunderte. Er nickte. »Was denkst du, wo könnte er sein?«

»Vielleicht jagt er den Wolf.«

»Nein«, die Große, die erst einen sehr schüchternen Eindruck gemacht hatte, redete dazwischen. »Er wollte mit uns auf die Kilbe gehen, und er hat mir versprochen, am ersten Schultag mit mir hinzugehen. Papa hält seine Versprechen immer. Jemand hält ihn fest, hat ihn gefesselt und eingesperrt, sonst wär er daheim. Und er hat der Mami versprochen, den Wolf nicht zu jagen.«

»Ich werde ihn finden. Ich arbeite bei der Polizei in Bregenz. Ich habe schon öfters nach Vermissten gesucht. Euch habe ich gestern ja auch gefunden.«

Beschämt schauten Verena und Magdalena auf die Tischplatte. Die Standpauke von gestern Abend war ihnen noch in Erinnerung.

»Ganz viele Leute kommen heute hierher und helfen mit. Ich verspreche euch, dass wir so lange suchen, bis wir wissen, was passiert ist.«

»Aber wenn es dunkel wird?«, fragte Magdalena.

»Wir haben Scheinwerfer, aber wenn wir nichts mehr sehen, machen wir Pause und suchen morgen weiter. Ihr geht jetzt in die Schule und in den Kindergarten, und ich kümmere mich hier um alles.«

»Doofer Kindi!«

»Kennst du Lorenz? Lorenz Waldinger. Der geht auch in den Kindergarten. Ich bin sein Opa.«

»Lorenz ist ein Blödmann, der hat gestern in der Puppenecke gespielt.« Sie rümpfte die Nase. »Babykram.«

»Was hast du gespielt?«

»Ich spiele nicht. Ich hab der Kinditante ein Bild von unserem Teleskoplader gemalt. Die weiß gar nicht, was das ist.«

»Was passiert jetzt heute alles?«, fragte Miriam, die mit nassen Haaren in die Küche kam.

»Ich hab gestern noch alles organisiert. Suchmannschaften, Spurensicherung, Hundeführer, Feuerwehr, Bergrettung, Nachbarn … es wird hier von Helfern wimmeln. Wir werden das gesamte Dorf und die Umgebung durchkämmen. Der Hubschrauber fliegt, solange das Wetter es zulässt. Wir werden Fahndungsaufrufe durch die Medien geben, die Anwohner befragen, wir fahren das ganze Programm auf. Du brauchst jetzt

Unterstützung, Freunde und Verwandte. Was ist mit deinen Eltern, Schwiegereltern, Schwägerinnen? Wer kann jetzt gleich kommen?«

Miriam legte die flachen Hände auf ihre Wangen und schüttelte den Kopf.

Der Kreis der Helfer vergrößerte sich schnell. Die Autos blieben hintereinander mitten auf der Zufahrtsstraße stehen. Der Zaun für die Kühe hielt die Fahrer davon ab, auf den Wiesen und Feldern zu parken. Der Zustrom war enorm. So viele Freiwillige, die sich diesen Dienstag kurzerhand freigenommen hatten. Das war ein schöner Zusammenhalt. Waldinger spürte ein warmes Gefühl in der Herzgegend. Ein paar Anrufe am Montagabend und die Helfer kamen derart zahlreich, wie er es sich nicht hätte träumen lassen. Mittlerweile waren bestimmt hundert Leute auf dem Hofgelände versammelt und redeten aufgeregt durcheinander.

Waldinger stellte sich auf die Bank vor dem Haus, die Helfer traten näher. »Danke für euer Kommen. Bisher weiß ich, dass Wolfgang am Sonntagmorgen seine Kühe gemolken hat und seither scheinbar spurlos verschwunden ist. Sein Handy ist ausgeschaltet, Auto, Führerschein und sein Pass sind daheim. Aus dem Haus fehlt nichts, er trägt eine Jeans und ein grünes Hemd, dazu Hölzler. Ich bin hier vor Ort erreichbar, die Suche organisiert der Obmann der Bergrettung. Bitte, Wilfried. Du hast das Wort.«

Traudl saß auf der Bank neben der Haustür. Sie trug blickdichte Stützstrümpfe unter einem dunklen Rock, dazu eine graue Bluse und eine alte Strickjacke darüber.

Waldinger setzte sich neben sie. Gemeinsam schauten sie zu, wie die Suchmannschaften sich auf den Weg machten. Es dauerte nicht lange, und ein Hubschrauber näherte sich dem Hof, flog in niedrigen Kreisen über ihnen und tönte in ihren Ohren.

Als die Lautstärke es endlich zuließ, fragte Waldinger: »Wann hast du Wolfgang zuletzt gesehen?«

»Am Sonntagmorgen. Er war beim Melken, als ich den Mist weggekippt habe. Dann hab ich meine Runde im Garten gemacht, Schnecken abgesammelt, gegossen, und als ich ins Haus bin, hörte ich die Melkmaschine noch. Es war fast sechs. Danach hab ich ihn nicht mehr gesehen.«

Ihre von Altersflecken übersäte Hand zitterte, als sie ein Stofftaschentuch aus der Rocktasche zog und sich damit über die Augen wischte.

Der Tag verlief turbulent. Waldinger war mit allen Anführern der Suchmannschaften in Kontakt, koordinierte die Suche mit den Hundeführern und dem Hubschrauberpilot, stand in Verbindung mit Koch und Meuse, die im Büro alle Meldungen vorbereiteten, und besprach sich mit den Kollegen von der Spurensicherung über das weitere Vorgehen. Nebenbei unterstützte er Miriam, die sich in dem alten Haus und umgeben von Polizisten völlig fehl am Platze fühlte. Auf sein Verlangen suchte sie ein Foto von ihrem Mann und kontrollierte seine persönlichen Dinge. Immer wieder brach sie weinend zusammen, Waldinger kochte Tee und versorgte die Tiere auf dem Hof. Ständig klingelte sein Handy, und er nahm alle Hilfsangebote an. Die Bäckerei lieferte zu Mittag zweihundert Semmeln, der Metzger eine Kiste voll Landjäger, und der Geschäftsführer des Dorfmarkts spendierte zehn Kisten mit Getränken. Jeder trug sein Möglichstes zu dieser Aktion bei, doch gegen neunzehn Uhr mussten sie sich eingestehen, dass sie nichts bewirkt hatten. Wolfgang blieb verschwunden, und Waldinger fuhr ratlos nach Hause.

Daheim saß Waldinger mit Helga am Küchentisch, schnitt ein großes Stück Bergkäse ab und versuchte, ihr eine Zusammenfassung seines Tages zu geben. »Miriam braucht Hilfe. Das ist das Allerwichtigste. Allein steht sie die Situation nicht länger durch. Wir haben uns heute durch alle Ämter telefoniert. Ihr steht ein Betriebshelfer zu, aber momentan sind alle im Einsatz. Das kann ein paar Tage dauern. Und da wir heute nicht die kleinste Spur von Wolfgang entdeckt haben, muss ich davon ausgehen, dass er vielleicht wirklich verschwunden ist oder nicht gefunden werden will.«

»Aber wieso denn?«

»Keine Ahnung. Mir fehlen die Hintergründe. Heute stand die Suche im Vordergrund, alle haben gehofft, ihn zu finden. Für Ermittlungen seitens der Kripo bestand noch kein Anlass. Ich habe mich zwar lange mit Miriam unterhalten, aber sie überlegt sehr genau, was sie mir erzählt. Geldsorgen haben sie auf jeden Fall, und dass Wolfgang bei der Diskussion vor laufender Kamera gesagt hat, die Bauern müssen sich selber um die Wolfsgeschichte kümmern, hat ihm auch allerhand Probleme eingebracht. Traudl scheint ihre einzige Ansprechpartnerin, ihre einzige Unterstützung zu sein.«

»Ihr Vater ist doch der Installateur aus Egg. Der Felder Peter hat bei uns vor dreißig Jahren die Installationen gemacht. Weißt du noch? Sogar am Samstag war er bis nachts um halb elf beim Rohreverlegen.«

»Der Felder, das ist Miriams Vater? Und die Mutter?«

»Herta arbeitet in der Drogerie, schon ewig. Die kennst du sicher auch: viel zu viel Schminke, blondierte, toupierte Haare und ewig lange Fingernägel.«

»Nein, da verwechselst du etwas. Wie passt das zusammen? Wie kommt Miriam dazu, einen Hof zu übernehmen?«

»Miriams Mutter ist die einzige Schwester von Traudl, aber Traudls Mann war der Älteste von sechs oder sieben Geschwistern. Bei seiner Hochzeit hatte er alle hinausbezahlen müssen. Dazu musste er damals fast den gesamten Grundbesitz verkaufen. Niemand hat geglaubt, dass das gut gehen könne. Ein Hof ohne Grundbesitz und dazu eine bildhübsche junge Frau, die von Landwirtschaft keine Ahnung gehabt hatte. Doch Traudl hat alle Kritiker alt aussehen lassen. Sie hat ihr Leben lang gearbeitet wie drei Männer und sich die Vergrößerung des Hofes vom Mund abgespart. Sie war es, die für jedes im Dorf zum Verkauf stehende Grundstück am meisten bieten konnte. Nach Jahrzehnten hatte sie nicht nur einen stattlichen Hof, sondern auch den Respekt der Dorfbevölkerung. Nur Kinder bekamen sie keine.«

»Und die Mutter von Miriam?«

»Die Herta ist Traudls einzige Schwester, aber sicher fünfzehn Jahre jünger. Ich bin mir nicht sicher, ob sie überhaupt die gleiche Mutter haben. Jedenfalls wollte Traudl nach dem Tod ihres Mannes nicht, dass der Hof in seine Verwandtschaft übergeht. Zu der Zeit war Miriam schwanger, und da der Wolfgang ein Bauernbursch ohne Hof war, sind sie hier eingezogen.«

Waldinger hörte, dass ein Auto auf dem Parkplatz abbremste. Im selben Moment ertönte die Hupe.

»Was ist da los? Wer kommt denn um diese Uhrzeit noch zu uns?« Helga schob den weißen Spitzenvorhang am Fenster zur Seite und schaute hinaus.

Waldinger trank sein Glas leer und stand auf. »Das wird Jerry sein. Er holt mich ab.«

»Er holt dich ab?«

»Er hat die Kollegen vom Horner Verein zusammentelefoniert, ich treffe sie gleich im Clubheim.«

»Ja, was bitte schön willst du denn beim Horner Club? Für diese gefährlichen Riesenrodel bist du wirklich zu alt.«

Waldinger grinste und winkte. »Keine Angst, auf einen Horner bringen die mich nicht, es geht um ein paar Befragungen. Kann später werden. Wir sehen uns morgen.«

Jerry parkte vor einem unscheinbaren Einfamilienhaus aus den Siebzigern. Zwischen all den anderen tiefergelegten Autos fiel der ramponierte Golf nicht auf.

Er öffnete die Tür zur Garage und führte Waldinger in einen kühlen Kellerraum. Keine Musik, kein Gelächter, nur ein paar murmelnde Stimmen waren zu hören, als Jerry die Tür zum inoffiziellen Clubraum aufstieß. Waldinger zog den Kopf ein und trat interessiert ein. Ein alter Billardtisch stand in der einen Ecke des Raumes, eine Dartscheibe hing an der Wand und eine selbst gezimmerte Bar mit fünf unterschiedlichen Hockern nahm die Längsseite des Zimmers ein. Links stand ein verkratzter Holztisch voller Brandflecken. Auf der Bank rundherum drängten sich ungefähr fünfzehn Jugendliche. Überrascht stellte Waldinger fest, dass sich vier Mädchen darunter befanden.

»Servus miteinander.« Waldinger ließ den Blick über die Runde schweifen. »Hoj, Patrizia, gehörst du auch zu dem Verein?«

Ein etwa sechzehnjähriges Mädchen mit hübschen Naturlokken drückte ihre halb gerauchte Zigarette aus. »Servus, Reinhold, du, Mama weiß nichts davon.«

»Bist du nicht in Feldkirch?«

»Die Schule geht erst morgen los.«

»Alles klar. Habt ihr noch Platz für mich?«

Die Mitglieder des Clubs im Alter zwischen etwa fünfzehn und dreißig Jahren rückten zusammen, Waldinger zog ein Notizbuch aus der Jackentasche und notierte die Namen aller Anwesenden. Er unterdrückte ein Grinsen, als er bei Patrizia angelangt war. Was wohl Feurstein und Agnes dazu sagen würden, wenn sie wüssten, dass ihre einzige Tochter sich in dieser verrauchten Spelunke daheim fühlte?

»Um was ging es bei der Sitzung letzten Samstag?«

Ein schlaksiger Kerl mit einem Piercing in der Augenbraue antwortete: »Unser Obmann ist vor zwei Wochen zurückgetreten. Er hat im Frühling angefangen, ein Haus zu bauen, und deshalb hat er keine Zeit mehr für den Posten. Wir haben uns getroffen, um einen neuen Obmann zu wählen.«

»Bist du das jetzt?«

»Nein, ich bin Vize, eigentlich ist es der Wolf, aber …«

»Ihr habt Wolfgang Thöni zum Obmann des Bizauer Horner Vereins gewählt? Und das hat er ordentlich gefeiert?«

Die Befragten sahen sich unsicher an, zuckten die Schultern, und der eine oder andere nickte vorsichtig.

Es war wieder der Vize, der sagte: »Er hat sich gefreut, und wir haben Pläne gemacht, wann wir das nächste Rennen veranstalten und wann wir unsere Horner richten und auf welche Rennen wir uns auswärts anmelden wollen und wo wir die Party steigen lassen und wie wir am besten zu Geld kommen und ...«

»Wie war Wolfgang drauf?«

»Voll motiviert, stolz, einfach gut drauf.«

»Was hat er getrunken?« Niemand antwortete. »Patrizia. Wahrscheinlich habt ihr Mädels hinter der Bar gestanden. Was hat er getrunken? Bier, Wein, Schnaps, Rum, Wodka oder alles gemischt?«

»Ich kann mich nicht genau erinnern.«

»Dann weiß ich morgen auch nicht mehr, dass Agnes denkt, du bist in deinem Zimmer und schaust Millionenshow.«

»Ja, Bier haben wir viel gebraucht. Und Tequila, mit Orange und Zimt. Der Wolf hat Tequila getrunken, aber der verträgt das Zeug«, antwortete sie kleinlaut.

»Und wann war die Fete zu Ende? Wann seid ihr von hier weggegangen, wer mit wem und wohin? Jeder der Reihe nach, damit uns nichts entgeht.«

Entsetzt schaute Patrizia zu ihren Freundinnen.

»Ihr wollt doch, dass euer Wolf wieder auftaucht. Also, los geht's!« Als niemand den Mund aufmachte, sagte Waldinger: »Gibt es hier einen Raum, in dem wir ungestört sind? Ich befrag jeden einzeln. Das führt so zu nichts.«

Sprachlos starrten die Jugendlichen ihn an.

Mittwoch, 9. September

Das Porträt prangte in Farbe auf der Titelseite der »Vorarlberger Nachrichten«. Es war nur ein kleiner Ausschnitt des Originals, das Miriam auf ihren Computer gefunden hatte. Es zeigte Wolfgang mit den Mädchen beim Gipfelkreuz auf der Sienspitze. Waldinger hatte das Bild an seinen Kollegen Meuse gemailt und ihn gebeten, die öffentliche Suche durch diverse Medien in die Hand zu nehmen. Er betrachtete das Foto genau. Wolfgang wirkte groß, kräftig, schneidig. Doch, er war einer, den man sah, wenn man ihm begegnete. Keiner, der in der grauen Masse unterging. Vielleicht brachte das Bild eine Spur. Meuse saß heute am Telefon und nahm die Anrufe entgegen. Hoffentlich ließ er bald mit guten Nachrichten von sich hören. Überhaupt hatte Waldinger alles, was im Büro erledigt werden konnte, an ihn delegiert. Er selber würde heute vor Ort bleiben und mit Koch die Nachbarn befragen. Um sechs Uhr morgens war zwar oft schon der eine oder andere auf den Beinen, doch am vergangenen Kilbetag liefen die Uhren wie an jedem Sonntag natürlich anders. Vielleicht war trotzdem jemandem etwas aufgefallen.

Der Obmann der Bergrettung koordinierte nach Absprache mit Waldinger die weitere Suche im Gelände vor Ort. Die Anzahl der Helfer war allerdings bedeutend kleiner als gestern. Im Dorf und der Umgebung waren sie nicht fündig geworden. Wenn Wolfgang weiter als ein paar Stunden Fußmarsch entfernt war, hätte er in einem der Nachbardörfer gesehen werden müssen. Einzig Richtung Osten lag keine weitere Bregenzerwälder Gemeinde. Das Tal endete in dem Vorsäß Schönenbach, und anschließend stieg das Gelände schnell steil an bis hinauf zum Gottes Acker. Dort wollten die Bergretter heute verstärkt suchen.

Seine Gesprächsnotizen vom gestrigen Abend hatte er ins Büro gefaxt. Annette würde die Protokolle erstellen und nach Bezau auf den Posten bringen, damit sie von den Befragten unterschrieben werden konnten.

Den Mitgliedern des Horner Clubs zufolge hatte Wolf, wie sie ihn nannten, den Keller zwischen vier und fünf verlassen. Zu diesem Zeitpunkt waren nur noch Patrizia, Mark und Smiley anwesend gewesen. In Smileys Elternhaus war das Clubheim, der hatte nicht mitbekommen, in welche Richtung Wolfgang gegangen war. Mark war zu Fuß der Hauptstraße entlang heimwärts gelaufen, und Patrizia hatte noch eine halbe Stunde mit Smiley rumgeknutscht, bevor sie in die gleiche Richtung wie vermutlich zuvor Wolfgang gegangen war. Auf dem Heimweg war ihr nichts Besonderes aufgefallen.

Keiner der Jugendlichen hatte eine Idee gehabt, wo Wolfgang stecken könnte. Man habe ausgemacht, sich am Mittag auf der Kilbe wiederzutreffen, darin waren alle Befragten sich einig gewesen. Uneinigkeit gab es allerdings über die Menge an Alkohol, die Wolfgang intus gehabt hatte. Die Schätzungen reichten von mehreren Mohren und etlichen Tequilas bis zu einer ganzen Kiste und mindestens einer Flasche Schnaps. Waldinger schluckte kurz bei dem Gedanken, allerdings hatte er selber in diesem Alter auch einiges vertragen.

»Hast du deinen Eltern gestern noch Bescheid gegeben?«

Waldinger war gleich nach dem Frühstück und einem kurzen Blick in die Zeitung zum Kohlbachhof geradelt.

»Ich hab sie angerufen. Magst du einen Kaffee?« Miriam trug ein ausgeleiertes T-Shirt von Wolfgang über ihrem Babybauch, unter ihren Augen schimmerten dunkle Ringe, und ihre Hand zitterte, als sie nach einer sauberen Tasse griff. »Milch oder Zucker?«

»Was haben deine Eltern gesagt?«

»Ich will sie nicht hier haben.«

Die Kaffeemaschine schnurrte. Stille trat ein, nur eine lästige Fliege kreiste über einem Marmeladenfleck auf dem Holztisch. »Wie ist das Verhältnis zu deiner Mutter, deinem Vater?«

Sie schüttelte den Kopf und fing an, die strähnigen Haare im Nacken zu einem Zopf zu flechten. »Ich mag es nicht, wenn sie sich einmischen.«

»Einmischung nennst du das? Der Schwiegersohn verschwindet, und die hochschwangere Tochter steht mit drei kleinen Mädchen und einem Hof da?«

Miriam wollte einen Schluck Wasser aus einem Glas nehmen, aber ihre Hand zitterte zu sehr. Sie stellte es ab, ohne zu trinken. Waldinger wechselte ihr zuliebe das Thema. »Wo ist Sara?«

»Bei Traudl. Ich bin nicht allein, noch ist Traudl mir eine Hilfe. Die Kinder mögen sie.«

»Erzählst du mir lieber erst von den Schwiegereltern? Wissen sie Bescheid?«

Ihr Kopfschütteln war fast nicht wahrnehmbar.

»Du musst sie anrufen! Wenn du Wolfgang wiederhaben willst, Miriam, sei so gut, und sei ehrlich. Niemand macht dir Vorwürfe, du hast nichts zu befürchten. Sei offen, erzähl, red, sag uns, was los ist. Das ist deine einzige Chance.«

»Können wir rausgehen? Die Traudl hört zwar nicht besonders gut, aber manchmal habe ich das Gefühl, Häuser haben Ohren. Häuser vergessen nie.«

Waldinger half Miriam, Kartons voller welker Salatköpfe, in Plastik eingeschweißter Pfirsiche und krummen Gurken in die Schubkarre zu laden. »Wo hast du das Zeug her?«

»Es ist nicht erlaubt, aber so können wir uns eine Menge Kosten für das Schweinefutter sparen.«

Waldinger schwieg.

»Wolfis Eltern leben im Prättigau auf einem kleinen Bergbauernhof in Pany. Er ist das mittlere Kind. Sein Bruder ist vier Jahre älter als er und die Schwester zwei Jahre jünger. Wolfi war der Einzige, der auf dem Chrüzhof schon als Kind und Jugendlicher gerne mitgearbeitet hatte.«

Miriam ging vor, Waldinger folgte ihr mit der Schubkarre zum Schweinestall.

»Die Schwester hat nach München geheiratet, der Bruder studierte in Zürich. Dass Wolfi den Hof übernehmen würde, war nie infrage gestellt worden. Dann kam der g'studierte Bruder zurück, mit Ideen, Plänen und Vorschlägen, wie mit Förderungen und Touristen mehr zu verdienen sein würde als mit ein paar Kühen und Schafen. Seine Freundin war Feuer und Flamme. Für die beiden war es ein Abenteuer. Aber wegen einer dummen Geschichte mit irgendeinem neuen Schlepper überschrieb der Alte den Hof auf Wolfis Bruder. Wolfi musste ausziehen. Er kann seinen Eltern bis heute nicht verzeihen, dass sie seinen Bruder bevorzugt haben.«

Sie blieben stehen, packten die Pfirsiche aus und warfen die Folien in einen Plastiksack.

»Wo hast du Wolfgang kennengelernt?«

Miriam lächelte kurz, schloss für einen Moment die Augen. »Ich hab den Sommer über auf einer Alpe gearbeitet. Er kam oft vorbei und schaute nach den Schafen seines Vaters. Einmal fragte er mich, was ich hier oben am meisten vermisse. Ein Erdbeer-Cornetto, sagte ich. Von da an brachte er mir jedes Mal in einer Kühltasche zwei Erdbeer-Cornetto mit.«

Sie wischte sich mit einer fahrigen Handbewegung eine Träne von der Wange. »Er wollte mir auf der Kilbe eines kaufen.«

»Wie ging es mit dir und Wolfgang weiter?«

Sie legte beide Hände vor den Bauch. »Ich wurde schwanger, Traudl hat uns angeboten, den Hof zu übernehmen, und hier sind wir.«

»Bereust du es?«

»Wolfi oder den Hof?«

Waldinger schwieg.

Miriam seufzte. »Der Hof wirft nichts ab. Manchmal wünsche ich mir einen Mann, der um sechs zum Essen kommt und dann Feierabend macht. Einen Mann, der am Samstag freihat und am Sonntag mit der Familie einen Ausflug macht. Der im Sommer Urlaub nimmt und den Kindern das Schwimmen beibringt. Wenn wir in einer Firma so viele Arbeitsstunden schreiben könnten, wären wir reich. Aber dass ich Wolfi geheiratet habe, das habe ich nie bereut.«

Sie klopfte zärtlich auf ihren Bauch. »Wolfi würde alles für uns geben. Er ist nicht abgehauen. Niemals würde er uns freiwillig verlassen.«

Sie öffnete die Tür des Schweinestalls und ließ die Tiere in den knapp bemessenen Auslauf. Waldinger beobachtete, wie sich zwei Sauen um einen Pfirsich stritten. Gemeinsam gingen sie zurück zum Haus.

»Du telefonierst jetzt in die Schweiz, und wenn deine Schwiegereltern dir Hilfe anbieten, dann nimmst du sie an.« Waldinger versuchte es mit einer klaren Ansage.

»Wolfi würde es nicht wollen.« Miriam zog die Haustür hinter sich ins Schloss.

Der kleine rote Flitzer stand am Straßenrand. Koch winkte Waldinger, und er ging auf sie zu.

»Hier wohnt er?«, fragte sie erstaunt. »Ich habe heute Morgen das Foto im Internet gesehen. Mein Gott, Reinhold, das ist der hübsche Kerl, der mir nach dem Trail-Lauf etwas zu trinken gebracht hatte.«

Waldinger nickte. »Er fällt auf. Das ist ein Vorteil bei unserer Suche. Wir starten dort unten.« Er zeigte auf eines der Nachbarhäuser. Mehrere Häuser standen in Blickkontakt zum Kohlbachhof.

»Die sind alle ziemlich weit entfernt«, meinte Koch skeptisch.

»Stimmt, aber wir versuchen trotzdem unser Glück. Hast du alles?«

Koch holte einen schweren braunen Lederkoffer aus dem Auto, drückte ihn Waldinger in die Hand und sagte: »Die Schreibarbeit überlässt du sicher mir, dann überlass ich dir das Tragen.«

Haus um Haus arbeiteten sie sich durch das Bizauer Unterdorf. Niemandem wollte am Morgen des Kilbesonntags etwas Besonderes aufgefallen sein. Waldinger und Koch lehnten zum wiederholten Male die obligatorisch angebotene Tasse Kaffee ab und kamen direkt zu den Fragen. Der Bauer vom Nachbarhof lud gerade Pappkartons mit Eiern in den Caddy seiner Frau.

»Hubertus, deine Grundstücke und Wiesen grenzen direkt an den Kohlbachhof, und als Bauer warst du am Sonntag sicher schon früh auf gewesen. Hast du einen Hinweis für uns?«, fragte Waldinger.

Der hagere Mann lehnte sich gegen das Auto und verscheuchte ein Huhn, das an seinem Gummistiefel pickte. Gackernd rannte das Huhn über den Platz. »Keine Ahnung, wie ich euch helfen kann. Es war ein Morgen wie jeder andere.«

»Traudl ist nicht mehr die Jüngste. Wir haben gehört, dass du nicht begeistert warst, als Miriam den Hof übernommen hatte.«

»Was willst du damit andeuten, Reinhold?«

»Du hast zwei Söhne und nur einen Hof. Und Erspartes, um die Traudl auszuzahlen, so sagen die Nachbarn.«

»Ich bin froh, dass Miriam auf dem Hof ist. Mit der Traudl ist nicht gut Kirschen essen, und wenn sie den Hof verkauft hätte, dann wäre ich der Letzte, von dem sie ein Angebot angenommen hätte.«

»Wo könnte Wolfgang deiner Meinung nach sein?«

»Ich hab keine Ahnung, und jetzt sollte ich weitermachen, meine Frau will die Eier ausliefern, die Kunden warten.«

Koch blickte von ihren Notizen auf. »Kein Wort zur Güllelagune?«
Hubertus schüttelte den Kopf. »Bin ich fertig?«
Waldinger gab Koch ein Zeichen, den Stift einzustecken, und fragte: »Inoffiziell?«
Der Bauer schaute verlegen zu Boden. »Aber die Traudl darf es nie erfahren.«
Waldinger und Koch nickten und warteten.
»Am Freitagabend um halb acht holt Wolfi immer eine Fuhre Hühnermist. Ich bin froh, wenn er weg ist. Ich zahl ihm was dafür.«

Koch stieg in ihren roten Flitzer und fuhr nach Bregenz ins Landeskriminalamt. Waldinger ging zu Fuß zurück auf den Kohlbachhof. Vonseiten der Nachbarn hatten sie keinen Anhaltspunkt bekommen, in welche Richtung sie die Suche ausweiten oder konzentrieren sollten. Er würde Miriam kurz informieren und sehen, ob sie Hilfe bekommen hatte, und dann ebenfalls ins Büro fahren. Er musste den Staatsanwalt informieren, sich mit Meuse und Koch zusammensetzen und das weitere Vorgehen besprechen. Die Ermittlungen mussten ausgeweitet werden und in alle Richtungen ansetzen. Noch gab es nichts, das er ausschließen konnte.
Die Haustür war offen, er ging in den Flur und klopfte an die Küchentür. Das Telefon lag auf dem Küchentisch. Miriam hatte einen Kübel voller angefaulter Äpfel vor sich. Der Geruch der überreifen Früchte füllte die Küche.
»Die Kinder lieben Riebel mit Apfelmus.«
»Was sagen Wolfgangs Eltern?«
»Ich erreich niemanden. Ich versuch es später.«
»Soll ich probieren?«
Sie nickte und nahm den nächsten Apfel aus dem Kübel. Waldinger drückte die Wahlwiederholungstaste, doch die zeigte eine österreichische Festnetznummer. »Die Nummer?«

Sie schob ihm mit klebrigen Fingern einen zerknitterten Notizzettel zu.

Waldinger setzte sich auf einen Küchenstuhl und wählte. Es klingelte dreimal, dann hörte er eine sympathische Frauenstimme. »Grüezi. Hier Thöni.«

»Servus, Frau Thöni. Waldinger am Apparat.«

»Hoj, i han grad gmeint, sischt d'Nummro vom Wölli.«

»Ich bin von der Kripo. Wolfgang ist seit Sonntag früh nicht mehr in seinem Haus gewesen ...«

»Was hett er agstellt?«

»Ist er bei Ihnen?«

»Nei, nei. Der kommt ned hei, er hat sich scho als Buab hinterm Ofo vrsteckt, wenn er was agstellt hat. Was hat er denn gmacht?«

»Er ist verschwunden.«

»Was heißt eifach verschwundo? Und wieso gibt mir nüd 's Miri a Telefon? Isch si au vrschwundo?«

»Die Miriam macht hier die ganze Hofarbeit.«

»Und wieso seit si nüt?«

»Es ist ihr alles zu viel geworden, sie muss ...«

»I hock grad is Auto und kumm. Zwei Stünd wär i brucho. I kumm gad.«

Verwundert schaute Waldinger zu Miriam. »Die Frau klingt richtig sympathisch. Sie fragt, warum du nichts gesagt hast.«

Miriam zuckte mit den Schultern. »Wolfi will mit seinen Eltern nichts mehr zu tun haben.«

Traudl rollte ungelenk einen bestrichenen Pfannkuchen zusammen und legte ihn auf Magdalenas Teller.

»Ich hasse Flädle mit Marmelade, und ich hasse die Schule!«, zürnte das Mädchen und schob den Teller heftig in die Tischmitte.

»Und ich hasse den Kindergarten.« Verena warf den Löffel mit Schwung gegen den Kühlschrank. »Nie mehr in meinem ganzen Leben geh ich in den blöden Kindi!«

Miriam stand auf und packte Verena am Oberarm. »Hinaus mit dir. Ich vertrag das nicht.«

»Aber Magdalena muss auch raus. Sie hat es zuerst gesagt.«

»Aber sie hat keinen Löffel geschmissen.«

»Du bist gemein. Ich will, dass Papi wieder da ist. Mit Papi ist alles viel lustiger, der schickt mich nie hinaus. Blöde Mama!«

Magdalena stand auf und zog Verena zur Tür. Die Vierjährige drehte sich zu Miriam um. »Wenn du so ein Theater machst, kommt er nie wieder. Du bist schuld, dass er abgehauen ist.«

»Nein, nein, nein«, schrie Miriam ihnen hinterher und versteckte das tränennasse Gesicht in ihren Händen.

Traudl ging ihnen nach. »Mädchen, kommt zurück. Keiner ist schuld. Kommt her.« Sie nahm die zwei Großen in den Arm, drückte sie. »Wir müssen zusammenhalten, wir werden das schaffen. So schlimm ist es im Kindergarten doch nicht, oder?«

Verena schaute sie zweifelnd an. Die langen Wimpern klebten feucht aneinander. »Ich will bei Mama bleiben. Ich muss Mami helfen, wenn Papi nicht da ist.«

Miriam wischte ihr Gesicht mit einem Papiertaschentuch trocken und schnäuzte sich. »Ich schaff das schon. Du hilfst mir am meisten, wenn du in den Kindergarten gehst. Und du, Magdalena, du hast dich so auf die Schule gefreut. Was ist denn los?«

Eine Träne löste sich aus Magdalenas Wimpern und rann langsam zu ihrer Lippe. Sie wischte sie mit der Zunge weg, schluckte laut und flüsterte: »Ich muss als Einzige allein sitzen. Die anderen sagen, ich stinke.«

Ein kleiner Geländewagen kurvte an den auf der Zufahrtsstraße stehenden Wagen der Helfer vorbei und bremste vor der Gartentür. Der Motor wurde abgestellt. Verena blieb der Bissen von einem unreifen Apfel im Hals stecken, sie hustete, bis ihr die Tränen in die Augen traten. Miriam klopfte ihr auf den Rücken, ließ aber den Wagen nicht aus den Augen. Saras Brummgeräusche im Sandkasten verstummten, und Magdalena flüsterte Traudl zu: »Ist das unsere Grossi?«

Sie erkannte sie tatsächlich noch. Blitzschnell überschlug Traudl, dass es Saras Taufe vor zwei Jahren gewesen sein musste, als die Mutter von Wolfgang zuletzt mit einem Kofferraum voller Schocki-Brügeli angereist war. Die Fahrerin stieg aus und strich ihre Bluse glatt. Sie steckte den Autoschlüssel in die Tasche ihres groben Rockes und rief: »Grüezi mitanand!«

Sie ging ums Auto herum und öffnete den Kofferraum. »Ich hab euch was mitgebracht. Kommt, ihr drei.«

Magdalena hielt sich an Traudls Rockzipfel fest, Verena ging ein paar Schritte auf ihre Großmutter zu. Diese langte in den Kofferraum hinein und holte drei Tafeln Schweizer Schokolade heraus.

»Dio hat euer Papi am liobschto mögo, als er no so kli gsi ischt.«

Magdalena traute sich nun auch näher. »Danke.«

Verena riss das Papier ab und nahm einen großen Bissen von der Tafel.

»Wir setzen uns auf die Bank vorm Haus«, erklärte Traudl den Kindern.

»Ich hab keine Zeit«, sagte Miriam. »Ich muss noch den Zaun von der unteren Wiese zusammennehmen.« Schwerfällig tappte sie in die andere Richtung davon.

»Wo ist Wölli?«

»Wer?« Traudl setzte sich umständlich.

»Arthritis?«, fragte Frau Thöni mitfühlend.

Traudl nickte und atmete laut aus.

»Entschuldige, ihr seid meinen Dialekt nicht gewohnt. Unser Wolfgang. Ein Kommissar hat mich angerufen. Er sei abgängig?«

»Er ist nicht hier bei seiner Familie und seiner Arbeit, wo er sein sollte. Vielleicht wollte er heim in die Schweiz?«

»Nein, er würde nicht daheim unterkriechen, aber ich kenn seine alten Kollegen. Wir werden ihn finden. Dann kann er was erleben. Miriam mit den Kindern so hängen zu lassen. Hochschwanger, das wusste ich gar nicht.«

»Nein?«

»Lasst euch nicht zum Narren halten. Ich kann nicht verstehen, wie er so ein bodenständiges, fleißiges Mädel wie die Miriam verdient hat. Ich hab gehofft, er wird vernünftiger. Das Herz hat er am rechten Fleck, unser Wölli, aber er bleibt eben ein Hallodri. Ohne dich würde sicher gar nichts klappen.«

Traudl stand stöhnend auf. »Wir schaffen das, aber ich muss die Wäsche fertig aufhängen, damit sie heute noch trocknet.« Sie ging zurück in den Garten. Frau Thöni folgte ihr.

»Ich bleib ein paar Tage, bis er wieder auftaucht. Sag mir, was ich tun kann.«

Miriam kam mit einem leeren Kübel in der Hand über den Hof. Traudl hörte die Schweine glücklich grunzen. Wolfgangs Mutter beobachtete Miriam und wandte sich wieder an Traudl, die ein verwaschenes Mädchenkleid auf der Wäschespinne festklammerte. »Wer macht eigentlich die Stallarbeit?«

»Miriam. Meine Finger sind zu steif geworden zum Melken.«

»Und die Kinder?«

»Ich bin ja im Haus.«

»Wie lange wollt ihr das durchhalten? Was ist, wenn die Wehen einsetzen, wenn der Säugling Miriams Zeit und Aufmerksamkeit braucht?«

Traudl zuckte mit den Schultern. »Es wird sich alles irgendwie ergeben. Magdalena, Verena, holt eure Stecken. Es wird Zeit, dass die Kühe in den Stall kommen.«

»Und die Kleine?«

»Du kannst dich ja um sie kümmern, wenn du schon da bist.«

Traudl ging in den Stall, um die Tür zu öffnen und die Kühe zu rufen. »Busch, Busch, kuund Buschlaaa, kuund!«

Die zwei Mädchen trieben die Kühe gekonnt in den Stall. Jedes Tier stellte sich an den richtigen Platz, und Traudl ging von einer Kuh zur nächsten, um sie festzubinden. Dabei murmelte und summte sie beruhigend vor sich hin. Von draußen klangen harte Wortfetzen, die Traudl nicht verstehen konnte. Es dauerte nicht lange, und sie hörte einen Motor anspringen. Das Geräusch wurde schnell leiser, bis nur noch das Bimmeln der Kuhglocken zu hören war. Traudl wischte sich den Schweiß von der Stirn und streichelte Reni. »Ich kann nicht mehr, ich muss mich hinlegen, und einen Schnaps brauch ich auch.«

Die Mädchen lehnten ihre Stöcke neben die Stalltür, und Verena fragte: »Was macht die Grossi hier? Weiß sie, wo unser Papi ist?«

Traudl schüttelte den Kopf. »Sie will uns unterstützen.«

»Wir brauchen sie nicht. Leni und ich sind schon groß, wir helfen der Mami. Sie soll wieder fortfahren.«

»Warum magst du sie denn nicht?«

»Alle im Kindergarten haben eine Omi, die ihnen zum Geburtstag Geschenke bringt. Ich hab nur eine Oma, die uns nicht mag, und eine Grossi, die gar nicht weiß, wann ich auf die Welt gekommen bin.«

Traudl schickte die zwei in den Hühnerstall, um die Hühner zu füttern und die Eier zu holen. Sie streckte sich durch und seufzte. Ihr Körper streikte. Mühsam ging sie zurück zum Haus. Sara saß im Sandkasten, und Miriam hängte die letzten nassen Kleidungsstücke auf.

»Ich geh mich …«, begann Traudl.

Miriam schaute auf. Ihr Gesicht war tränenüberströmt, ihre Schultern zitterten, und sie schaute schnell wieder weg.

Traudl blieb stehen. »Miriam.«

Da sackte sie in sich zusammen, setzte sich ins Gras und vergrub den Kopf in den Händen. Traudl trat näher und lehnte sich an die Hauswand. Wenn sie sich setzte, käme sie nicht mehr hoch.

»Was hast du dir dabei gedacht?« Miriam flüsterte, doch aus ihren Augen strahlte es gefährlich, und ihre Stimme wurde lauter, kreischend. »Wie kannst du nur? Wie kannst du die Kleine allein lassen? Die Schwiegermutter gönnt uns doch, dass Wolfi verschwunden ist. Sie glaubt, dass er mich hat sitzenlassen. Sie hat nie etwas anderes erwartet. Aber Wolfi ist nicht mehr wie früher, sie sieht das nicht ein. Auf ihr Mitgefühl kann ich verzichten. Ich will sie nicht im Haus haben. Wolfi würde auf der Türschwelle umdrehen und verschwinden, wenn er nach Hause kommt. Es sind seine Eltern, die ihn ohne einen Franken vom Hof gejagt haben. Ich hab gesagt, sie soll wieder gehen. Wir schaffen das, aber dann wollte sie … Sie wollte Sara mitnehmen!« Miriam stützte sich am Boden ab und stemmte sich auf die Füße. Zittrig lief sie zu Sara und nahm sie fest in den Arm. Miriam wiegte sie an ihrem dicken Bauch. »Sie wollte Sara mitnehmen!«

Waldinger hatte vom Staatsanwalt grünes Licht für umfangreiche Ermittlungen bekommen. Den ganzen Nachmittag war er mit Koch und Meuse den aus der Öffentlichkeit eingetroffenen Hinweisen nachgegangen. Ein Taxilenker wollte Wolfgang am Sonntagmorgen von Dornbirn nach Lustenau gefahren haben. Ein anderer Anrufer war sich sicher, den Vermissten beim Friedenskreuz am Hochtannberg gesehen zu haben, und ein Anruf hatte sie aus München erreicht, hier hatte Wolfgang anscheinend einen Flug nach Sizilien gebucht. Jeder Tipp zog Fragen, Telefonate und Papierkram nach sich, doch noch vor Feierabend waren alle Hinweise ins Leere gelaufen. Die stichprobenartigen Verkehrskontrollen im ganzen Land hatten ebenso wenig genützt wie die Zusammenarbeit mit den Kollegen aus der Schweiz. Keiner bei der Kripo nahm das Wort gerne in den Mund, doch Wolfgang war wirklich spurlos verschwunden.

Waldinger hielt auf dem Heimweg beim Kohlbachhof, stieg aus dem Auto und atmete tief ein. Die schwülwarme Luft roch nach Herbst, überreifen Äpfeln und frischem Heu. Die dicken Wolken, die von Westen her zogen, verhießen nichts Gutes. Hoffentlich fiel das Unwetter nicht allzu stürmisch aus. Der Hof lag im düsteren Halbdunkel, die entfernten Blitze beleuchteten den Horizont. In der Schweiz musste es bereits heftig gewittern.

Der Obmann der Bergrettung verabschiedete gerade die letzten Helfer und wandte sich Waldinger zu. »Die Suche ist sinnlos. Wir waren überall.«

»Keine Spur? Kein Hinweis?«

Der Obmann schüttelte den Kopf. »Und bei euch?«

Waldinger zuckte die Schultern. »Niemand hat Wolfgang seit Sonntag gesehen.«

»Wir werden morgen noch mal das Gebiet um Hinteregg durchkämmen, aber ich hab keine große Hoffnung. Und jetzt schau ich, dass ich heimkomme, das sieht bedrohlich aus.«

Vom Stall her hörte Waldinger das Surren der Melkmaschine. Er nahm seine Holzschuhe aus dem Kofferraum und verstaute die bequemen Büroschuhe im Wagen. Dazu zog er sich ein altes Hemd über. Ein Windstoß fuhr durch die Bäume, und einige Nüsse klopften hohl auf Waldingers Autodach. Zügig ging er in den Stall. »Miriam?« Er sah sie nur von hinten. Sie striegelte eine Kuh und band ihren Schwanz an eine dünne Leine, die von der Decke baumelte. »Holla?!«

Sie zuckte zusammen und drehte sich schwerfällig um. Ihre Schultern entspannten sich, als sie ihn sah. »Reinhold. Servus.«

Er ging näher auf sie zu. Die Holzschuhe klopften laut auf dem Stallboden. »Sag mir, was ich tun soll. Ich helf dir.«

»Das musst du nicht.«

»Ich will aber, und du erzählst mir ein wenig über Wolfgang.«

Sie drehte sich um und ging zur nächsten Kuh. »Ich hab alles erzählt. Wolfi ist nicht abgehauen, ihm ist was passiert. Zum Glück hab ich genug Arbeit, ich würde verzweifeln, wenn ich Zeit zum Nachdenken hätte.«

Waldinger streichelte den warmen Rücken einer braunen Kuh. »Erinnere dich zurück an letzte Woche. Nur so kann ich dir helfen.«

Sie nickte und verknotete ihre Finger ineinander. »Wir waren fertig mit Heuen, er war fröhlich, gut gelaunt und hungrig.« Sie schloss die Augen und lehnte sich gegen die Wand. »Es war nichts Besonderes, er war so wie immer. Er freute sich auf den Sonntag, auf die Kilbe, er wollte noch einen Sprung auf die Versammlung. Alles war gut.«

»Und davor, am Vormittag oder am Nachmittag? Gab es Streit, Telefongespräche, Besucher, irgendwas? Wer war am Samstag auf dem Hof?«

»Wir waren beim Heuen und deshalb hauptsächlich auf dem Feld. Am Vormittag war der Tierarzt da, aber nur ein paar Minuten. Und dann diese Motorradler, diese Clique aus Deutschland …«

»Holla!«

Miriam schrak auf, und auch Waldinger schaute erschrocken zur Stalltür. Welcher Vollidiot störte ausgerechnet in diesem Moment?

»Servus, Miriam, da bist du ja.« Der rundliche Mann mit Halbglatze kam mit einem schwarzen Koffer in der Hand in den Stall herein.

»Xaver?« Miriams Gesicht verlor jegliche Farbe.

Wer war das, und warum beunruhigte er Miriam so? Was war in dem Koffer? Waldinger rieb sich kräftig über seine Stirn. Er musste sich konzentrieren. Jedes Detail könnte wichtig sein.

»Grüß Gott.« Waldinger ging auf den Unbekannten zu und gab ihm die Hand. »Reinhold Waldinger, Kripo Bregenz.«

Der Mann schaute zu ihm auf, wich Waldingers Blick aber

aus und gab ihm seine schlappe Hand. »Xaver Moosbrugger, Milchkontrolle.«

Die Melkmaschine hörte auf zu surren, und Waldinger verscheuchte ein paar Fliegen. Die plötzliche Stille war ihm unangenehm.

»Ich würd gerne mit Miriam reden«, sagte der Kontrolleur.

»Stör ich?«, fragte Waldinger und schaute zu Miriam. Sie verneinte vehement, und Waldinger ignorierte das Nicken von Xaver. Der stellte seinen Koffer auf die Abtrennung einer Kälberbox und öffnete ihn umständlich.

»Was ist denn los? Kontrollierst du heute schon wieder?« Miriam band sich ihre Haare neu zusammen.

»Es tut mir leid. Ich habe gehört, dass dein Mann vermisst wird, ich hätte das gerne mit ihm besprochen. Normalerweise hat Wolfgang gemolken, aber seit Sonntagmorgen jemand anders. Laut meinen Nachforschungen könnte die mit Antibiotika verunreinigte Milch von eurem Hof stammen. Es scheint ...«

»Nein!« Miriams Schrei traf Waldinger mitten ins Herz.

»Nach meinen Untersuchungen ...«

Miriam stürzte auf den Mann zu und packte ihn am Ellbogen. »Das kann nicht sein. Wenn du mir den Hof sperrst, Xaver, wir würden das nicht überleben, verstehst du? Wie will man denn jetzt beweisen, wer vor fünf Tagen eine gespritzte Kuh gemolken hat? Das lässt sich nicht mehr feststellen. Wolfgang ist so etwas nie passiert. Da hat er immer genau aufgepasst. Und überhaupt: Der rote Bändel da, der ist doch nicht zu übersehen, den sieht sogar ein Blinder. Wolfi kann es nicht gewesen sein.«

»Ruhig, Miriam, keine Panik. Wir finden eine Lösung. Aber bei euch ist die Milchmenge der letzten Woche immer ungefähr gleich gewesen. Erst seit Montagmorgen ist sie weniger geworden. Mit dem Tierarzt habe ich schon geredet. Der war am Samstagvormittag da. Wie sollen wir das den Verantwortlichen im Sennhaus erklären?«

»Wir müssen warten, bis Wolfi wieder da ist. Er hat eine Erklärung, bestimmt. Ich bin mir hundertprozentig sicher, dass er die Milch von der Reni nicht in den Kühltank geschüttet hat. Er hat ja am Samstagabend noch gejammert, dass er seine Lieblingskuh bald metzgen lassen muss. Nein, das waren nicht wir. Ganz sicher nicht.«

Xaver schloss seinen Koffer unverrichteter Dinge wieder. Unschlüssig wiegte er den Kopf hin und her. »Es tut mir leid, Miriam, ich versteh deine Situation, aber du musst wissen, ich habe eine bettlägerige Frau daheim. Wenn ich meinen Job aufs Spiel setze, schmiede ich die Sargnägel für mich und meine Frau. Was gibt es denn sonst für eine Arbeit, bei der ich mich tagsüber um sie kümmern kann? Ich würde dich gerne schonen, aber im Moment sieht es nicht gut aus.«

Donnerstag, 10. September

Waldinger fuhr sofort nach dem Frühstück in Richtung Schweiz. Nach etwa vierzig Minuten Fahrzeit überquerte er die Grenze über den Rhein, kaufte sich eine Vignette für die Schweizer Autobahn und fuhr in Richtung Graubünden. Er nahm die Ausfahrt Landquart und war bald darauf in Pany. Er parkte in dem kleinen Dorf vor einem Brotlädeli und fragte die freundliche Verkäuferin nach dem Chrüzhof, auf dem Wolfgang aufgewachsen war. In tiefstem Schwyzerdütsch erklärte sie ihm den Weg und wünschte ihm strahlend einen schönen Aufenthalt. Langsam fuhr er die steile Straße den Hang hinauf. Zweimal kam ihm ein Traktor entgegen, und er musste in die Wiese hinein ausweichen. Er war froh, als er nach einer weiteren scharfen Kurve endlich sein Ziel erreichte, stieg aus und streckte sich. Ein Blick auf die Uhr zeigte ihm, dass er nur gut eineinhalb Stunden unterwegs gewesen war.

Der ruhige Dörfchen Pany lag ihm zu Füßen, rundherum erstreckte sich ein herrliches Panorama. Er sollte öfters einen Ausflug in die Schweiz machen oder mit Helga hier irgendwo ein Wochenende verbringen. Er atmete tief ein und schaute sich den Hof an. Links und rechts des Zufahrtsweges waren größere und kleinere Gehege mit Holzzäunen oder Maschendraht abgetrennt. Kinder standen in den Gehegen und streichelten Miniziegen und Wollschweine, Mütter zogen ihnen Mützen über, und Väter knipsten mit ihren Smartphones. Trotzdem lag eine wunderbare Ruhe und entspannte Atmosphäre über allem. Das Bauernhaus war aus Holz gebaut und mit allerlei bunten selbst gemachten Sachen verziert. Blumensträuße und Kränze schmückten die Wand neben der Eingangstür. Die neu angebaute Terrasse war von Touristen bevölkert, und hinter dem Haus hörte man das Gebimmel der Kuhglocken aus dem Stall. Hier war Wolfgang aufgewachsen.

Waldinger streckte seine Hand über einen Holzzaun, und schon kam ein kleiner Ziegenbock angesprungen, um ihn ausgiebig zu beschnuppern. Waldinger hatte nichts in seiner Hand versteckt, so drehte der Bock ab und legte sich auf einen Felsbrocken in die Sonne. Was war das da hinten? Tatsächlich, zwischen zwei Eseln und einem Pony schlug ein Pfau sein Rad aus blau und grün schillernden Federn. Waldinger wünschte sich, er hätte einen Fotoapparat dabei. Hierher würde er mit seinen Enkeln einen Ausflug machen. Ein Paradies.

Da auf der Terrasse kein Tisch mehr frei war, ging er zu der offenen Tür mit der Aufschrift »Gschenkslädeli«, in der Hoffnung, dort auf Wolfgangs Mutter zu treffen. In dem kleinen Raum tummelten sich bereits fünf Frauen und entzückten sich über die angebotenen selbst gemachten Vogelhäuschen. Auch der Käse in der Kühltheke sah appetitlich aus, doch von einer Chefin war hier nichts zu sehen.

Waldinger trat wieder ins Freie und machte sich auf den Weg in den Stall. Hier traf er auf einen älteren Mann, der gerade dabei war, die Kühe loszubinden und auf die Weide zu treiben.

»Grüezi. Möchten S‘ helfen? Kommen S‘ nur rein. Die Tiere beißen nicht.«

»Danke, ich hab keine Angst.«

»Dann nehmen S‘ einen Stecken in die Hand und laufen S‘ mit zur Weide. Es sind nur zehn Minuten.«

»Äh, eigentlich, ja, warum nicht?« Waldinger nahm einen der Stecken und ging der letzten Kuh hinterher.

Der Bauer grinste unter seinem breitkrempigen Filzhut hervor. Einer der oberen Schneidezähne fehlte. »Bei uns packen alle mit an. So macht die Arbeit am meisten Freude.«

»Alle? Wolfgang auch?«

Jetzt blieb der Mann stehen und runzelte seine braun gebrannte Stirn. Waldinger streckte ihm seine Hand entgegen. »Ich kam nicht dazu, mich vorzustellen. Waldinger, Kripo Bregenz.«

Der Bauer hatte einen festen Händedruck. »Urs Thöni.« Er ging ein paar Schritte vorwärts. »Hüa, Vroni, lauf zu. Hüa.« Dann drehte er sich zu Waldinger: »Nein, der Wölli packt nicht mehr mit an. Der hat selber genug zu tun.«

»Wollte er diesen Hof nicht übernehmen?«, fragte Waldinger.

»Wollen schon. Aber dann müssten wir vermutlich von einer kargen Rente leben. Er kann nicht wirtschaften. Das hat er vom Großvater mütterlicherseits. Sänger, Spieler, Geldverschwender. Zum Glück hat der Alte sein Erbe nicht an alle unsre Kinder weitergegeben. Ich könnt nicht mitansehen, wie der Hof den Bach runtergeht.«

»Traut ihr Wolfgang nichts zu?«

»Nein, ich kenn ihn lange genug. Hüah, Vroni, jetzt lauf, fressen kannst du, wenn wir oben sind.«

»Wolfgang macht einen tüchtigen Eindruck. Er ist ein guter Bauer, die Leute in Bizau respektieren ihn und seine Frau.«

Urs lachte. »Er hat auch was von mir geerbt.«

»Ist er im Guten gegangen?«

Urs schüttelte verneinend den Kopf.

»Was ist passiert?«

»Wir wollten uns einen neuen Schlepper leisten. Ich habe lange darauf gespart. Wölli wollte mit dem Töff zum Landmaschinenhändler fahren und den Schlepper raufbringen. Ich habe ihm das Geld in bar mitgegeben. Dafür hat mir der Verkäufer drei Prozent Rabatt versprochen. Wölli traute sich vier Tage lang nicht mehr heim. Er hat das ganze Geld verspielt, und der Schlepper steht vermutlich heute noch beim Händler.«

»Und dann?«

»Dann habe ich meine Entscheidung getroffen. Sie war für mich nicht leicht, aber es war die richtige. Wölli musste gehen, und seit sein Bruder den Hof führt, ist unsre Heimat noch mehr aufgeblüht. Wir sehen Wölli nur noch selten. Das tut mir weh, hier drinnen.«

Er klopfte auf seine Brust. »Für unseren Hof war es die richtige Lösung. Wir müssen auch an unsre Zukunft denken. Vielleicht sieht er es irgendwann ein. Ich wünsch es mir sehr.«

Vroni war auf der Weide angelangt. Mit ihrer langen grauen Zunge riss sie ein frisches Grasbüschel aus und verschlang es. Der Bauer schloss den Zaun und schaltete den Strom ein. Dann machten sie sich auf den Weg zurück zum Hof.

»Unglaublich schön hier oben.« Waldinger zeigte mit seinem Stecken über das Tal.

»Schön und anstrengend. Aber wir sind zufrieden. Habt ihr Wölli noch nicht gefunden, oder warum sind Sie hier?«

»Leider haben wir keine Ahnung, was passiert sein könnte. Ich hatte mir von euch Informationen erhofft, die uns weiterhelfen.«

»Er ist schon lange in Bizau. Sieben Jahre. Miriam ist eine vernünftige, tüchtige Frau. Sie wird ihren Weg gehen.«

»Macht ihr euch keine Sorgen um euren Sohn?« Waldinger verstand diese Familie nicht. Was würde er selber alles in Bewegung setzen, wenn Martin spurlos verschwunden wäre? Nicht auszudenken, dass er seelenruhig seiner Arbeit nachginge und sich nicht mal den Kopf zerbrach.

Urs blieb stehen und schaute Waldinger an. »Nein, Sorgen hab ich mir um Wölli nie gemacht. Er fällt immer auf seine Füße.«

Waldinger fand auf der Terrasse einen Tisch für sich allein. Er setzte sich auf die Bank und ließ sich die Sonne ins Gesicht scheinen. Als ein Schatten über ihn fiel, öffnete er seine Augen. Eine schneidige Brünette in kurzen Lederhosen und mit braun gebrannten Beinen fragte ihn nach seinen Wünschen.

»Eine Tasse Kaffee hätt ich gern. Er geht aufs Haus, hat Urs gesagt.«

Sie schaute ihn überrascht an. Waldinger gab ihr die Hand und stellte sich vor. »Ich wär froh, wenn du zwei Minuten für mich übrig hättest.«

Sie schaute sich auf der Terrasse um. Die Gäste schienen zufrieden, niemand winkte sie zu sich. »Ich bringe zwei Kaffee.«

Nach einer Minute servierte sie die Tasse und ein Schweizer Brügeli dazu. »Ich hab schon gehört, dass Miriam den Wolfgang vermisst, aber hier müsst ihr ihn nicht suchen. Ich bin Ladina, die Schwägerin von Wolfgang.«

»Gefällt es dir auf dem Hof?«

»Mir taugt es voll. Ich hab mich noch nie so wohl gefühlt wie auf dem Chrüzhof. Ich gehöre hierher.«

»Trotz Studium?«

»Mir fehlt es an nichts, das ist mein Zuhause.«

»Wie hast du Wolfgang kennengelernt?«

»Ich mag ihn. Er ist redselig, unternehmungslustig, gut aufgelegt, ein super Musikant und Unterhalter. Urs erzählt noch oft von früher. Wie Wolfgang als Zehnjähriger im Stübli Akkordeon gespielt hatte und sich mit dem Trinkgeld seine Wünsche erfüllt hatte.«

»Wieso kam es dann, dass ihr nichts mehr mit ihm zu tun habt?«

Sie trank einen Schluck Kaffee und zuckte mit den Schultern. »Generationenkonflikte. Ich find's traurig.«

»Was glaubst du, wo er sein könnte?«

Sie schaute auf die Berggipfel im Süden. »Auf der Suche nach neuen Abenteuern?«

»Wo ist Frau Thöni heute? Hilft sie nicht mit? Ist doch viel Betrieb, oder? Ich hätte sie gerne gesprochen. Eine Mutter spürt instinktiv, wenn etwas nicht stimmt, sagt man zumindest.«

»Ja, es ist viel los, obwohl keine Ferien sind. Ich muss auch weitermachen. Die Gäste sollen ja ein paar Franken dalassen.« Sie lachte verlegen, stand auf und stellte die leeren Kaffeetassen ineinander.

»Wo ist Wolfgangs Mutter?«

»Die Sache lässt ihr keine Ruhe. Sie ist ihn suchen gegangen.« Ladina ging zum Nachbartisch, um eine Bestellung aufzunehmen. Waldinger folgte ihr in die Küche. »Wo sucht sie ihn?«

Sie zuckte die Schultern. »Keine Ahnung, ich weiß es nicht.«

»Zu wem hat Wolfgang in dieser Region noch Kontakt?«

»Ich kenn seine Freunde nicht, tut mir leid.« Sie öffnete den Kühlschrank und nahm eine Getränkeflasche heraus. Ihre Stimme klang sehnsüchtig. »Vielleicht zu seiner Tochter?«

Im Gegensatz zum Bergbauernhof in der Schweiz war es im Landeskriminalamt nüchtern, zweckmäßig und steril.

»Das ist jetzt der fünfte Tag, seit Wolfgang vermisst wird, und uns fehlt jeglicher Anhaltspunkt. Das darf doch nicht wahr sein.« Waldinger fuhr mit der Hand durch sein Haar und bat Koch und Meuse, Platz zu nehmen.

»Was die uns noch alles verheimlichen? Seit Tagen suchen wir überall, und dann erzählt mir eine Verwandte so nebenbei von einem unehelichen Kind. Am fünften Tag. Wieso weiß ich das nicht schon längst? Ich könnte verrückt werden, wenn die Leute sich alles aus der Nase ziehen lassen. Nur ja kein Wort zu viel.«

»Aufregen nützt nichts«, warf Koch ein.

»Stimmt, aber es muss sein. Wir brauchen einen Plan und Ergebnisse, sonst sind wir den Fall los, bevor wir irgendwas rausgefunden haben. Renate, sei so gut und hol das Flipchart.«

Sie stellte die Tafel mit den großen Papierbogen vor das Fenster und nahm den Stift zur Hand. In die Mitte schrieb sie »Wolfgang« und drum herum eine Menge Strahlen.

»Wir wechseln uns ab«, sagte Waldinger zu Meuse. »Fang du an.«

»Geldnot?«, begann Meuse.

»Schulden?«, sagte Waldinger.

»Freundin?«

»Zu viel Verantwortung?«
»Alte Geschichte?«
»Unfall?«
»Entführung?«
»Erpressung?«
»Die Wolfsjagd?«
»Güllelagune?«
»Nachbarn?«
»Ins Ausland untergetaucht?«
»Verzweiflung?«
»Midlife-Krise?«
»Wolfsfreunde?«
»Uneheliches Kind?«
»Selbstmord?«

Koch kritzelte mit dem Filzstift mit. Die Abstände zwischen den Ideen wurden länger. Sie drehte sich um und schaute ihre Kollegen an. »Sonst noch was?«

Beide zuckten mit den Schultern. Da schrieb Koch noch ein Wort dazu. »Mord?«

Sie schauten sich ratlos an. Meuse nannte das Kind beim Namen. »Wir stehen bei null.«

Waldinger zeigte auf einen Eintrag. »Das mit dem Untergetauchtsein würd ich streichen. Die Spurensicherung hat festgestellt, dass nichts fehlt. Pass und Führerschein waren im Auto, und die Bankomatkarte ist in den letzten Tagen nicht benützt worden. Wo soll er hin, ohne Ausweise und Geld?«

»Vielleicht hat er noch ein Konto in der Schweiz. Und wer kontrolliert heutzutage einen Ausweis, wenn du durch Europa fährst?«

Koch zögerte mit dem Durchstreichen, und Waldinger musste ihr recht geben. »Stimmt. Wir fangen also vorne an und stecken unsre Nasen in seine privaten Angelegenheiten. Wunderbar.«

»Sucht vor Ort eigentlich noch jemand?«, fragte Meuse.

Waldinger nickte. »Heute sind ein paar Männer von der Bergrettung noch einmal Richtung Hinteregg und eine zweite Truppe zum Gottes Acker. Am Abend werden sie die Suche einstellen. Dort oben ist man noch nie fündig geworden. Eine unheimliche Gegend!«

Die nächste halbe Stunde verbrachten sie damit, Listen zusammenzustellen, wen sie die nächsten Tage befragen wollten. Waldingers Sekretärin Annette sollte ihnen Telefonnummern suchen und Termine ausmachen, sodass sie möglichst viele in möglichst kurzer Zeit befragen konnten.

»Meuse, du übernimmst die Geld- und Schuldenangelegenheiten. Was hatte er abzubezahlen, was für Rechnungen stehen offen? Wann war er zuletzt im Casino, und wer ist sein Bankberater? Bis morgen Abend brauchen wir einen Überblick.«

»Alles klar, Chef, mein Lieblingsthema.«

»Und du«, Waldinger schaute zu Koch. »Du gehst seinen Frauengeschichten nach. Gibt es aktuelle Freundinnen, weitere Kinder, für die er womöglich keine Alimente zahlt, eine Exfrau, von der wir nichts wissen, einen Kumpel, dem er eine Freundin ausgespannt hat et cetera et cetera. Ich will wissen, wie Wolfgang vor seiner Zeit mit Miriam gelebt hat.«

Koch nickte. »Danke Chef, mein Lieblingsthema.«

»Ist ja gut, wenn ihr noch Humor habt, aber wir brauchen die Ergebnisse morgen.«

»Und was unternimmst du?«, fragte Meuse.

»Ich kümmere mich um mein Lieblingsthema: Nachbarn und Familie.«

Waldinger war auf dem Heimweg. Annette hatte eine Liste voller Telefonnummern und Termine zusammengestellt, die nun neben ihm lag. Doch da er auf dem Weg nach Bizau sowieso durch Egg durchfuhr, entschloss er sich, unangemeldet bei Miriams Eltern zu klingeln.

Vor der Bushaltestelle im Ortskern bog er links ab und schaltete in den zweiten Gang. Die schmale asphaltierte Straße führte überraschend steil nach oben. Es waren nur etwa fünfhundert Meter, und er parkte vor einem Einfamilienhaus aus den Siebzigern. Weiß verputzte Außenwände, dunkle Holzbalkone und Fensterläden und die obligatorischen roten Geranien an jedem Fenstersims. Kugelige Buchsbäume und orangefarbene Dahlien standen in Reih und Glied. Waldinger stieg aus und überlegte, ob wohl jemand daheim war. Die Kirchenuhr am Gegenhang zeigte neunzehn Uhr. Er ging über den gepflasterten Weg zur Eingangstür und klingelte.

Die Frau öffnete und schaute ihn erwartungsvoll an. Bevor er sich vorstellte, hustete er kurz. Ihre Parfumwolke nahm ihm fast den Atem. Der voluminöse Busen zog seinen Blick auf sich, er blinzelte und fragte sich, ob es sinnvoll wäre, Leggings für über Sechzigjährige zu verbieten.

»Servus. Waldinger, ich bin von der Kripo, Frau Felder?«

»Von der Kripo? Ich dachte, der Termin ist morgen?«

»Darf ich kurz reinkommen? Es geht um Wolfgang.«

»Was habe ich damit zu tun? Hat er jemanden umgebracht?«

Zwei Jogger schauten im Vorbeirennen erschrocken zu ihnen herüber.

»Wir gehen doch besser rein.« Sie ging voran durch einen Flur voller überdimensionierter Grünpflanzen in ein dunkles Wohnzimmer. Die Fenster waren vollgestellt mit Kakteen und allerlei Figürchen, auf dem dunklen Parkett waren große unechte Perserteppiche ausgelegt, und auf dem Tisch lagen an die zwanzig Illustrierte, dazwischen verschiedene Nagellacke, Feilen und Scheren. Der Geruch nach Nagellackentferner vermischte sich mit dem blumigen Parfum.

»Entschuldige das Durcheinander. Ich habe nicht mit Besuch gerechnet. Kann ich dir ein Wasser anbieten oder einen Kaffee?«

»Ein Wasser, gerne.«

Sie schob die Zeitschriften zur Seite und bot ihm einen Stuhl an. Es dauerte einige Minuten, bis sie mit einem gefüllten Glas in der Hand wieder aus der Küche kam. Sie setzte sich und rutschte mit ihrem Stuhl näher zu Waldinger. »Was willst du wissen?«

»Erzähl mir von deiner Tochter und deinem Schwiegersohn. Wann hast du beiden zuletzt gesehen?«

Sie strich mit einem weiteren Lack über die knallroten Fingernägel. »Ich seh sie nicht oft. Das ist vielleicht zwei, drei Monate her.«

Waldinger schwieg.

»Hier ist es mit so vielen Kindern unmöglich. Ich habe keine Spielsachen mehr.«

Waldinger nickte.

»Und jetzt noch ein viertes. Das wird Miriam alles zu viel.«

»Sie könnte sicher Unterstützung brauchen.«

»Sie hat ja Traudl. Ich arbeite über vierzig Stunden pro Woche. Mein Mann das Doppelte. Zu Hause bleibt auch alles an mir. Ich wüsste nicht, wie ich sie unterstützen könnte. Sie war es, die auf diesen verdammten heruntergekommenen Hof wollte. Das hat sie nun davon.«

»Was?«

»Ja, anscheinend ist es dem Schweizer auch zu viel geworden. Er soll ja endgültig abgehauen sein.« Sie schüttelte die blond gefärbte Föhnfrisur. »Miriam hat mich heute angerufen. Sie denkt, dass Wolfgang einen Unfall hatte. Sie war schon immer ein gutgläubiges Kind. Etwas naiv, aber freundlich, hilfsbereit und fleißig. Aus ihr wäre was geworden, wenn sie nicht diesen unseligen Schweizer getroffen hätte. Viel zu früh ist sie schwanger geworden. Aber auf mich wollte sie nicht hören. Nein, Miriam glaubt nicht, dass er abgehauen ist. Aber die Leute im Dorf. Obwohl ich mich frage, warum die das überhaupt interessiert?«

»Dich interessiert es jedenfalls nicht besonders?«

Sie wedelte mit der Hand in der Luft herum und blies auf ihre Nägel. »Doch, aber ich hab's kommen sehen. Wie peinlich wird das, wenn man ihn plötzlich im Bett einer anderen findet? Was bitte soll ihm hier groß passiert sein? Nichtsdestotrotz würde ich helfen, wenn Miriam mich um Hilfe bitten würde, aber dazu ist sie viel zu stolz. Das würde sie nie tun.«

Waldinger versuchte weiterhin, möglichst flach zu atmen. Hier war wirklich kein Ort für lebendige Kinder. »Ist Miriam in diesem Haus aufgewachsen?«

»Natürlich. Mein Mann hat es fast allein gebaut. Der geborene Handwerker.«

»War sie ein glückliches Kind?«

»Wir haben alles für sie getan. Sie ist unser einziges Kind. Wir haben ihr alle Wünsche erfüllt. Sie hätte studieren können, die Welt bereisen, einen tollen Job suchen, alles. Und was macht sie? Geht für einen Sommer auf eine Alpe, kommt schwanger heim, tut Traudl den Gefallen mit dem Hof und kriegt ein Kind nach dem anderen.« Sie stand auf, ging zu dem riesigen dunklen Einbaukasten und nahm eine Flasche und ein Kristallglas heraus.

»Martini. Meine Nerven.« Sie trank das erste Glas ex, schenkte nach und setzte sich wieder.

»Was weißt du über Wolfgang?«

»Nichts Gutes. Ein Lebemensch, ein arbeitsscheuer Hallodri, potent, aber ohne Geld. Hätte sie sich doch mit ihm einen schönen Sommer gemacht auf der Alpe, das hätte niemand mitgekriegt, aber das sind doch keine Männer zum Heiraten.«

»Wo könnte er sein?«

»Vielleicht kommt sie zur Besinnung, jetzt, da er weg ist. Ich würd es ihr wünschen.«

»Was wünschst du Miriam?«, fragte Waldinger.

»Ach. Sie ist mein Mädchen, mein Einziges. Ich mag mir nicht vorstellen, wie sie tagein, tagaus nur ihrer Arbeit nachgeht und überhaupt nichts vom Leben hat.«

Sie stand auf, um nachzuschenken.

»Wir hatten damals keine Möglichkeiten, aber die jungen Leute heutzutage, ihnen steht die Welt offen. Miriam ist geschickt und fleißig, hübsch und sparsam, sie war gut in der Schule, sie war beliebt, hatte Freundinnen, eine tolle Clique, sie hätte ein besseres Leben verdient.« Die Frau kramte nach einem Taschentuch und putzte vorsichtig ihre Nase. »Sie tut mir leid, ich fühl doch mit ihr, aber sie kann meine Hilfe nicht annehmen. Sie will alles allein schaffen. Wir sind so verschieden. Sie denkt, ich versteh sie nicht, aber im Grunde wollen doch alle Menschen dasselbe. Wertgeschätzt will sie sich fühlen und gebraucht und geliebt.« Sie betupfte ihre nassen Wangen. Das Papiertuch verfärbte sich schwarz und braun. »Meine Tochter mag mich nicht.«

Während der Heimfahrt öffnete Waldinger das Autofenster. Er brauchte frische Luft. Er verstand, warum es Miriam nicht in dieses Haus zog. Dort fiel das Atmen schwer. Woran lag es, dass Mütter und Töchter derart unterschiedlich sein konnten?

In Bizau setzte er den Blinker in Richtung Kohlbachhof. In Miriams Küche brannte noch Licht. Er drückte die Haustür auf, ohne zu klingeln, die Kinder schliefen sicher schon. Vorsichtig rief er: »Holla, Miriam!«

Er klopfte an die Küchentür, die nur angelehnt war. »Miriam, ich bin‘s, Reinhold.« Er drückte die Tür auf, blieb stehen und schluckte.

Miriam hatte ihren Kopf auf die Arme gelegt und heulte. Um sie herum herrschte Chaos. Das Geschirr vom Abendbrot stand noch auf dem Tisch, ein Becher war umgekippt, eine Pfütze gleich neben der Küchenbank. Plastikspielzeug lag überall verstreut, und es roch angebrannt. Waldinger trat vorsichtig über die Spielsachen hinweg zum Fenster und öffnete es.

Miriam schaute nur kurz hoch und ließ den Kopf wieder sinken. Aus dem Stall hörte man das Muhen der Kühe. Er legte eine Hand auf ihre Schulter und machte sich innerlich Vorwürfe, dass er sie den ganzen Tag allein gelassen hatte. Sie fühlte sich völlig verspannt an, doch sie richtete sich auf und schaute ihn an.

»Danke fürs Vorbeischauen.«

Die Tränen flossen lautlos über die fleckigen Wangen.

»Verstehst du die Leute? Am Dienstag waren hundertfünfzig Helfer da. Und heute? Ich war den ganzen Tag allein. Traudl ist auf ihre Wallfahrt gegangen. Sie hat sich schon seit Wochen drauf gefreut. Ich wollte sie nicht zurückhalten. Sie glaubt tatsächlich, dass das was nützt. Sie kommt erst am Montag wieder heim.« Sie schnäuzte sich. »Ich hab niemanden. Die Kinder, endlich sind sie eingeschlafen. Sie haben mich den letzten Nerv gekostet. Sie verstehen ja auch nicht, was los ist, aber ich kann nicht mehr.«

»Hast du noch keinen Betriebshelfer bekommen?«

»Sie sagen, sie tun ihr Möglichstes, aber es ist keiner frei.«

»Ich helf dir heute Abend, und morgen bleibst du einfach liegen, denk nicht an die Tiere, ich kümmere mich darum. Dafür rufst du gleich um sieben deine Mutter an. Sie wartet nur darauf, dir helfen zu dürfen. Sie würde ihren ganzen Jahresurlaub nehmen, Miriam, sie ist deine Mutter, sie will dir helfen. Du brauchst sie, nimm die Hilfe an. Es geht nicht anders!«

Es war spät, als Waldinger endlich nach Hause kam. Nach einer Stunde war zwar die Melkerei erledigt gewesen, aber das Melkgeschirr musste noch gewaschen und die Milch kühl gestellt werden. Den gröbsten Mist hatte er noch rausgeschoben, den Schweinen den Futtertrog gefüllt und geschaut, dass alle Hühner im Stall waren.

Er stank, er war müde und freute sich auf eine warme Dusche.

»Nolde, bist du das?« Helga trat an den Gartenzaun.

»Ja, ich bin‘s, was machst du noch im Garten?«

»Ich hab den Hühnerstall zugesperrt, ich bin erst jetzt heimgekommen.«

Waldinger ging auf sie zu. »Erzähl.«

»Puh, wie riechst denn du? Nach Mist, nach Kuhmist.«

»Ich geh duschen. Machst du uns noch einen Tee? Ich muss dir auch noch einiges erzählen. War ein langer Tag.«

Helga hatte in einem großen Glas eine Kerze angezündet und auf den Tisch in den Garten gestellt. Waldinger ließ sich in einen bequemen Stuhl fallen, faltete die Hände über dem Bauch und schloss die Augen. »Lass hören.«

»Ich war bei Kathrin. Es gibt Neuigkeiten.«

Waldinger klatschte mit der flachen Hand auf seinen Oberschenkel. »Ist sie schon wieder schwanger? Von diesem ungehobelten Riesen?«

Helga legte ihm eine Hand auf den Arm. »Nein, sie ist nicht schwanger.«

Beruhigt sank er zurück und lehnte sich wieder an.

»Er ist kein ungehobelter Riese, Nolde. Er ist einfach ein junger Kerl, der selber oft nicht weiß, wohin mit seiner Energie. Er hat das Herz am rechten Fleck.«

»Helga, das ist doch kein Kerl für unsre Kleine. Jetzt hör aber auf. Und ein Vorbild für Finn? Pah, aber der wird nicht lange bleiben. Ich bin schon gespannt auf den nächsten.«

»Jetzt hörst du aber auf. So eine ist Kathrin nicht. Nur weil sie mit dem ersten Pech gehabt hat, aber lassen wir das. Langer Rede, kurzer Sinn: Gerold, also Jerry, er hat gekündigt.«

»So ein fauler Hund. Einfach so gekündigt, ohne neuen Job? Von was will er leben? Soll Kathrin ihn etwa durchfüttern? Wahrscheinlich zieht er demnächst bei ihr ein.«

»Genau. Er ist gerade eingezogen.«

Jetzt hielt Waldinger nichts mehr im Stuhl. Er stand auf, lief zum Brunnen und wieder zurück. »So ein Schmarotzer. Und wie will Kathrin haushalten? Soll ich ihr etwa was zustecken, damit dieser Riese auf seiner faulen Haut liegen kann? Wie stellen sie sich das vor? Für meine Kinder werde ich immer einen Euro übrig haben, aber für einen, der nicht arbeiten will …«

Helga schenkte Tee in die zwei Tassen auf den Tisch. »Setz dich und trink einen Schluck.«

Widerstrebend folgte Waldinger. »Dem werde ich meine Meinung noch sagen. Warum hat er überhaupt gekündigt? Hat er nicht bei seinem Vater die Lehre gemacht?«

»Ja, und er sagt, seit dieser Wolfsgeschichte ist der Vater völlig neben der Spur. Ist nur noch in den Bergen, dem Raubtier hinterher. Die Firma ist schon vor zwei Jahren an einen zehn Jahre älteren Bruder überschrieben worden. Da der Senior jetzt kaum mehr anwesend ist, lasse der Bruder so richtig den Chef raushängen. So hat Jerry es mir erklärt.«

»Der Bruder als Chef? Das kann nicht gut gehen. Aber dann schau ich mich erst nach einem neuen Job um, bevor ich einfach kündige.«

»Es hat Streit gegeben. Gestern. Wahrscheinlich war es das Klügste zu gehen, bevor alles eskaliert. Immerhin sprechen sie noch miteinander. Aber jetzt erzähl du. Habt ihr noch keine Spur von Wolfgang?«

Waldinger stand auf und klopfte mit dem Handrücken gegen seine Stirn. »Helga, ich hab vielleicht eine lange Leitung. Wie spät ist es? Egal. Ich muss dringend telefonieren.«

Freitag, 11. September

Herbstliche Frühnebelfelder zogen vom Moos über die abgemähten Wiesen ins Dorf herein. Die Sonne löste sie in nichts auf, bevor sie den Garten des Kohlbachhofs erreicht hatten. Waldinger winkte Miriam zu, die das Küchenfenster öffnete und ihn hineinrief. Er klopfte kurz und trat ein. »Guten Morgen, Miriam. Hat alles geklappt?«

Ihre Augenringe waren dunkel, doch ihr Lächeln wirkte heute entspannter als in den letzten Tagen. Auch die Kinder schienen gut geschlafen zu haben. Es herrscht eine angenehme Ruhe in der Küche.

»Magst auch einen Kaffee?«, fragte Miriam.

Waldinger nickte und setzte sich auf den einzigen freien Stuhl. Dann schaute er seinem Noch-nicht-Schwiegersohn in die Augen und meinte: »Ich danke dir. Auf dich ist Verlass. Danke, Jerry.«

Der schaute verlegen in seine Kaffeeschüssel und murmelte: »Gut, dass du mich gestern noch angerufen hast. Ich hätt auch selber draufkommen können, dass die Miri Hilfe braucht. Wolf wär im umgekehrten Fall ganz selbstverständlich für mich eingesprungen.«

Waldinger nahm seine Tasse entgegen. Die Kinder aßen ihre Müslischalen leer, und Miriam schenkte sich Tee nach.

»Ich werde hierbleiben, solange ich helfen kann. Und soweit ich weiß, bezahlen die von der Krankenkasse auch einen Betriebshelfer, den man sich selber besorgt hat. Wir werden heute nachfragen. Aber jetzt bring ich erst die zwei Großen ins Dorf. Wir gehen in die Bäckerei, und ihr dürft euch etwas für die

Jause aussuchen. Und ich bring einen großen Laib mit, hier ist ja kein Brot mehr.«

Miriam stand auf und öffnete die Schublade, die unter der Tischplatte befestigt war. »Ich müsste noch Kleingeld …«

»Lass, ich bin Wolf eh noch was schuldig. Er hat mir bei der Preisverteilung vom Trail-Lauf ausgeholfen. Ich bring dir den Hunderter nachher mit. Ich komm so gegen zehn wieder, okay?«

Waldinger bedankte sich für den Kaffee, und Miriam begleitete ihn zum Auto.

»Es tut so gut, nicht für alles allein verantwortlich zu sein. Ich werde meine Mutter anrufen. Dann kann ich am Nachmittag mit Jerry die obere Wiese einzäunen. Es tut mir leid, ich war die letzten Tage völlig neben der Spur. Es ist sonst nicht meine Art …«

»Ruf deine Mutter an. Sie freut sich.«

»Ob sie sich freut? Aber im Grunde hab ich nichts zu verlieren. Mehr wie Nein sagen kann sie nicht, hat Jerry gesagt, und da hat er recht. Und was macht ihr heute?«

Waldinger wollte sie mit einem Standardspruch beruhigen, doch das schien ihm nicht ehrlich genug. »Wir werden diskret vorgehen, aber wir müssen uns mit Wolfgangs Privatleben auseinandersetzen. Auch das vor deiner Zeit.«

Miriam wurde blass und schluckte.

Waldinger saß mit Koch und Meuse zusammen. Sie klärten ihre heutigen Termine und wann sie sich zum Austausch treffen wollten.

»Ich muss nach Kaufering«, sagte Koch. »Die Tochter von Wolfgang wohnt dort mit ihrer Mutter. Ich fahr am besten gleich los. Es ist Freitag, und am Wochenende kann ich dieses Mal unmöglich eine Schicht einlegen. Morgen ist der Altstätter Städtlilauf und am Sonntag der Volkslauf am Illspitz. Ich bin bei beiden angemeldet.«

»Heute? Schau dir mal diese Stapel an. Und du musst unbedingt für eine weitere große Einschaltung in den Medien sorgen. Wolfis Bild muss noch mal ins Fernsehen, wir brauchen Unterstützung durch Radio und Zeitung. Wir müssen alle Register ziehen. In diesen Sachen bist du einfach besser. Mir fehlen dann immer die richtigen Worte. Und die neuen Fahndungsplakate müssen raus, die müssen überall sichtbar sein. Wir haben heute volles Programm, und wenn du da rauffährst, fehlst du sicher einen halben Tag. Hat Annette den Termin ausgemacht?«

»Nein, sie hat mir nur die Telefonnummer rausgefunden, aber alle anderen Termine hat sie für den Nachmittag eingetragen.«

»Eben, am Vormittag gibt's hier genug zu tun. Kannst du Kaufering nicht auf morgen früh einplanen, oder wann beginnt dieser Lauf?«

Die Sekretärin wusste, dass die drei am liebsten nicht gestört werden wollten, und trotzdem stellte sie einen Anruf durch. Waldinger nahm ab. »Giselbrecht? Was gibt's?«

Er suchte nach einem Stift und kritzelte auf seine überfüllte Schreibtischunterlage.

»Wo genau?«, fragte er und seine Augenbrauen wanderten in die Höhe. »Was? Ohne Kopf?«

Der Gesprächspartner antwortete ausführlich, Koch schaute entsetzt zu Meuse.

Nach wenigen Minuten unterbrach Waldinger das Gespräch. »Es ist einfacher, wenn wir vorbeikommen. Wir treffen uns in einer Dreiviertelstunde in Schetteregg auf dem Parkplatz vor dem Gasthaus. Die Finderin soll dort warten. Ich sag der Spusi Bescheid. Keiner darf etwas anfassen oder zertrampeln. Niemand!«

Er stand auf. »Kopflos verscharrt, wer macht denn so was?«

»Was? Der Wolfgang?«, fragte Koch entsetzt.

»Was?« Waldinger war mit seinen Gedanken bereits beim Fundort. »Nein, nicht der Wolfgang. Der Wolf ist tot.«

Magdalena lehnte sich auf dem Pausenhof vor der Bizauer Volksschule an den bunt bemalten Marterpfahl und freute sich auf den ersten Bissen. Sie hatte heute Morgen lange mit Jerry in der Bäckerei gestanden und sich alles angesehen. Zweifelnd hatte sie zu ihm aufgeschaut und geflüstert: »Darf ich eine Nussschnecke haben?«

»Natürlich, Schnecke«, hatte er gelacht und ihr die Jause im Schulranzen verstaut.

Jetzt beobachtete Magdalena ihre Freundin Anna-Lena. Diese stand mit drei anderen Mädchen aus der ersten Klasse beim Brunnen und hielt eine Plastikdose voller blauer Weintrauben in die Mitte der kleinen Gruppe. Abwechselnd nahmen die Mädchen eine heraus und steckten sie sich gegenseitig in den Mund. Magdalena spürte die Tränen in sich hochsteigen und zog das Papiersäckchen von der Bäckerei hervor. Sie öffnete das Papier ein wenig und steckte ihre Nase in die Öffnung. Der Duft der frischen Nussschnecke entspannte sie. Behutsam zog sie das Gebäck ein Stückchen aus der Tüte. Sie wollte gerade den ersten Bissen nehmen, als ein Viertklässler vor ihr stand, sich schnell umschaute und mit einem gezielten Griff die Nussschnecke packte. »Wenn du heulst oder petzt, werf ich auf dem Heimweg deine Schultasche in den Bach.«

Schon war er im Getümmel verschwunden.

Magdalena leckte die klebrigen Finger sauber, konnte ihre Tränen aber trotz Anstrengung nicht zurückhalten. Sie starrte auf die Schuhe, doch sie sah nichts. Die Tränen schwemmten alle Bilder fort. Sie strömten lautlos über die Wangen und tropften ins Gras. Magdalena zuckte zusammen, als sie eine Hand auf ihrer Schulter spürte.

Sie kannte den Geruch nach Rosenblüten, ihre Klassenlehrerin. Mit den Fäusten versuchte sie, die Tränen zurückzudrängen. Niemand sollte sie weinen sehen. Sie blinzelte mehrmals und schluckte, aber der Knödel im Hals ließ sich nicht runterwürgen.

Die Lehrerin ging neben ihr in die Hocke. »Was ist denn los?«

Magdalena schaute stumm weiter auf die abgewetzten Spitzen ihrer Schuhe.

Die Lehrerin strich ihr über die langen Haare. »Es ist schwierig für dich, ich weiß. Aber dein Papa kommt bestimmt wieder. Ganz bestimmt, Magdalena, glaub mir.«

Die Tränen strömten aufs Neue los. Sie versuchte, sie zu unterdrücken, doch ihre Kraft reichte nicht. Ihr ganzer Körper zitterte. Ihr Kopf war heiß, sie fühlte sich plötzlich krank.

Die Lehrerin umarmte sie, und Magdalena legte den Kopf an die Rosenschulter. Sie gab sich ihrem Schmerz hin, nahm nichts mehr um sich herum wahr. Als die Pausenglocke klingelte, löste die Lehrerin sich von ihr, wischte mit einem frischen Taschentuch Magdalenas Gesicht trocken, nahm sie an der Hand und ging mit ihr zur Eingangstür der Schule. In ihrem Rücken spürte Magdalena den Blick des Viertklässlers. Er würde ihre neue Schultasche in den Bach werfen. Sie riss sich von der Hand der Lehrerin los und rannte. Sie rannte, so schnell sie konnte, um die Ecke des Schulhauses herum, am Eingang der Turnhalle vorbei und die schmale Alpgasse entlang. Der Weg war steinig, und sie stolperte immer wieder, doch sie fiel nicht hin. Ohne sich umzuschauen, rannte sie weiter. Weg, einfach nur weg. Sie wünschte, sie könnte unsichtbar werden. Nie wieder würde sie in die Schule gehen. Nie wieder.

Waldinger fuhr langsam durch das Dorfzentrum von Egg und deutete einen Hügel hinauf. »Da oben ist Miriam aufgewachsen.«

»Schön hier.« Koch nickte.

»Ich hoffe, ihre Mutter hat sich ein Herz gefasst und ist heute auf dem Hof.«

»Warum ist die Beziehung zwischen den beiden so kühl?«

»Die Mutter hat wohl damit gerechnet, dass ihr einziges Töchterlein die nicht erfüllten Träume der Mama lebt. Vier Kinder und die Arbeit auf einem Hof kamen in diesen Phantasien eher nicht vor.«

Waldinger bog im Dorfzentrum links ab Richtung Großdorf.

»Und der Vater?«, fragte Koch.

»Der Peter Felder ist selbstständiger Installateur mit drei Mitarbeitern. Da bleibt keine Zeit außerhalb der Firma. Seine Frau hat Angst vor dem Winter. Dann kommt er in Pension. Ein Mann ohne Freunde, Leidenschaften, Träume und Wünsche. Er hat keinen Nachfolger gefunden. Die Firma ist verkauft. Ab Neujahr kommen seine Arbeiter in einer großen Firmenkette in Wolfurt unter.«

Nach der Großdorfer Kirche blinkte Waldinger rechts. Er schaute in den Rückspiegel und kontrollierte, ob der Pick-up von Willi noch hinter ihm war. Die Straße führte leicht ansteigend in vielen Kurven weit in das enge Seitental hinein. Auf dem großen Parkplatz suchte Waldinger nach einer Lücke für sein Auto und parkte ganz vorne, wo die Wanderwege ausgeschildert waren. Eine junge Frau stand vor dem Eingang zum Gasthaus, neben ihr ein Hund, groß wie ein Kalb. Waldinger winkte ihr unsicher zu, und sie kam mit schnellen Schritten zu ihnen herüber. Sie hatte sich ein orangefarbenes Tuch in die kurzen Haare geknüpft und sah in ihrem engen Shirt zur lilafarbenen Leggings sehr sportlich aus.

»Grüß Gott, Waldinger, Kripo Bregenz.« Er gab ihr die Hand und staunte über ihre muskulösen Oberarme.

»Grüß Gott, Bentele, aus Tettnang und mein Hund Leo, der eigentliche Finder.«

»Wie weit ist es von hier?«

»Kaum fünfzehn Minuten.«

»Muss ich schwindelfrei sein?«, fragte Willi, der mit seiner Kollegin Düringer zu der kleinen Gruppe getreten war und bereits seinen schweren Rucksack schulterte.

»Es ist auch für Flachländer wie mich erreichbar«, sagte die Frau. »Das arme Tier.«

»Wie kommen sie drauf, dass es sich um einen Wolf handelt?«, fragte Waldinger.

»Ich bin Tierärztin.«

Zu fünft mit Hund brachen sie auf. Das enge Seitental war überraschend weitläufig, und Wanderwege führten in alle Richtungen. Zahlreiche Wanderer, Jogger und Biker waren auf den Pfaden unterwegs. Willi studierte die vielen Hinweisschilder.

»Hier entlang geht es nach Schönenbach, zum Jagdhaus. Da sollen die Kässpätzle so gut schmecken.«

»Wir folgen Frau Bentele«, sagte Waldinger und ließ der jungen Frau den Vortritt. »Komm, Leo!«

Die Frau schritt zügig voran, und im Gänsemarsch überholten sie mehrere Familien und Senioren, die auf dem Wanderweg unterwegs waren. Eine Viertelstunde später bog der Hund von dem gut frequentierten Weg ab und ging durch abschüssiges und unwegsames Gelände zu einem nahen kleinen Bach hinunter. An einer Stelle war der Boden beim letzten Dauerregen oder schweren Gewitter ins Rutschen gekommen, die Erde und Steine waren ohne Bewuchs, und der Hund schnüffelte aufgeregt.

»Ich lass ihnen den Vortritt und warte hier. Sie sehen die Stelle gleich, ich will keine Spuren zertrampeln«, sagte Frau Bentele. »Das abgerutschte Material da unten wurde wohl zum Zudekken verwendet.«

Willi und Düringer gingen voran. Waldinger fotografierte und füllte sein Notizbuch. Dann begann er damit, die Fundstelle großzügig abzusichern. Nachdem schon Wolfgang sozusagen spurlos verschwunden war, mussten sie hier unbedingt darauf achten, Spuren zu sichern und alle möglichen Informationen zu sammeln. Wahrscheinlich hing das tote Tier mit dem Verschwinden des Bauern zusammen. Sie durften keinen Fehler machen. Möglicherweise war dies der Schlüssel zu Wolfgangs Verbleib.

Waldinger telefonierte. Er brauchte mehr Personal. Die ganze Gegend musste durchkämmt werden. Hunde, Bergretter, Kriminalisten, er brauchte ein Großaufgebot. Das war seine einzige Chance. Die Wanderer wurden neugierig, blieben stehen und stellten Fragen.

»Möglicherweise liegt hier ein Blindgänger aus dem letzten Weltkrieg. Bitte entfernen Sie sich möglichst ruhig.«

Zufrieden schaute er zu, wie die Menschen sich hinter eine unsichtbare Linie zurückzogen. Auch er selber ging zurück zum Parkplatz und sperrte alle Wanderwege Richtung Wolf mit weiß-roten Bändern ab. Er würde die Gäste in eine andere Richtung weisen müssen. Ungeduldig wartete er auf das Eintreffen der angeforderten Helfer.

»Nein, heute können Sie diesen Weg nicht benutzen.«

»Ist dort wirklich eine Bombe hochgegangen?«

Waldinger zuckte mit den Schultern. »Ich weiß nicht, was los ist. Ich bin nur ein Hilfsarbeiter, mit der Aufgabe, diesen Weg abzusperren.«

Magdalena kam keuchend auf dem Kohlbachhof an. Die Haustür war wie üblich unversperrt. »Mama! Mama!«

Sie öffnete die Küchentür, erstarrte kurz, drehte sich um und zog die Tür krachend ins Schloss. Sie lief die Treppe hinauf ins Obergeschoss und öffnete nacheinander die Türen zu den Kinderzimmern, zum Bad und zum Elternschlafzimmer. Alle leer. Mit einer fahrigen Bewegung wischte sie die Tränen von den heißen Wangen und rannte treppab und durch den Flur zu Traudls Wohnung. »Mama! Sara! Tante!«

Auch hier war alles leer. Sie rüttelte an der Hintertür, doch diese war fest verschlossen, und kein Schlüssel steckte im Schloss. Sonst war hier immer offen. Noch nie hatte Magdalena diese Tür abgesperrt vorgefunden. Was war heute los?

Als sie zurück durch den Flur rannte, stand die Frau aus der Küche am Fuße der Treppe. War das wirklich ihre Oma? Sie sah heute so anders aus. Sie trug eine Schürze, der Kopf wirkte viel kleiner, und die Fingernägel waren ganz normal. Nur den Duft erkannte sie wieder.

»Magdalena?«, fragte die Oma. »Ist die Schule schon aus?«

Doch Magdalena drängte sich an ihr vorbei und rannte auf den Hof, um ihre Mama und Sara zu suchen.

»Magdalena, warte und hör zu.« Die Frau keuchte hinter ihr her. Magdalena lief in den Stall und wollte sich verstecken, doch die Oma war schon hinter ihr. Sie bekam Seitenstechen, und die Luft ging ihr aus. Weinend ließ sie sich gegen die Stallwand sinken. Noch nie hatte sie sich so einsam und verloren gefühlt.

Mit kleinen, leisen Schritten kam die Großmutter näher. Magdalena hörte sie genau. Sie hörte alles, nur die Augen mochte sie nicht öffnen. Sie versteifte sich, als sie eine Hand auf ihrem Haar fühlte.

»Die Mama kommt bald, sie ist mit Sara zur Kinderärztin. Sara hat sich etwas in die Nase gesteckt. Die Ärztin holt es raus, und dann kommen sie wieder heim.«

Stille senkte sich über den Stall. Die meisten Kühe lagen im frischen Stroh und käuten wieder. Sie waren ganz ruhig. Nur leise schepperte hin und wieder eine Schelle.

»Komm mit ins Haus.« Die Oma suchte Magdalenas Hand. »Komm mit, sonst wird die schöne Schulkleidung schmutzig und stinkt.«

Magdalena schüttelte stumm den Kopf.

»Als deine Mama so alt war wie du, hat sie am liebsten Kaiserschmarren gegessen. Magst du den auch? Hilfst du mir beim Kochen?«

Wortlos stand Magdalena auf und ging mit ins Haus. Doch sie ging nicht in die Küche. Im Wohnzimmer holte sie eine Wolldecke aus dem Kasten und legte sie auf den Spalt zwischen Couch und Stubenbank. Dann verkroch sie sich in die dort entstandene schützende Höhle.

»Magst du ein Zuckerle?«, fragte die Oma.

Magdalena zog die Decke tiefer und fühlte sich endlich unsichtbar.

Waldinger kam sich alles andere als unsichtbar vor, noch immer machte er Dienst beim Parkplatz vor dem Schetteregger Hof. Der Tag zog sich in die Länge. Er hatte Durst und sollte dringend mal austreten. Die Helfer waren dabei, jeden winzigen Fussel irgendwas in Tüten zu verpacken, und die Schaulustigen stellten ständig dieselben Fragen. Plötzlich tauchte zwischen all den Ausflüglern und Touristen ein bekanntes Gesicht auf. Waldinger wendete den Blick ab, doch Zimmermann, der Jagdaufseher, kam auf ihn zu, blinzelte verschwörerisch und hielt Waldinger vertraulich am Ellbogen fest. »Was ist hier los?«

»Kannst du mich ganz kurz ablösen? In deiner Jagdtracht siehst du ja sehr offiziell aus. Ich bin in zwei Minuten wieder da.«

Zimmermann nickte verdattert. »Was soll ich den Leuten sagen?«

»Am besten erzählst du ihnen eine Geschichte von Mord und Totschlag, damit sie endlich verschwinden«, flüsterte Waldinger.

Auf dem Weg ins Gasthaus atmete er tief durch. Eigentlich sollte er dringend nach Wolfgang fahnden, und jetzt vertat er den ganzen Tag hier, weil ein kopfloses Tier verscharrt worden war. Wo gab es hier einen Zusammenhang? Hatte das eine überhaupt mit dem anderen zu tun?

Das Gasthaus war proppenvoll. Waldinger bestellte an der Theke einen großen gespritzten Apfelsaft. Um sich herum hörte er die Wanderer wilde Vermutungen anstellen. Zum Glück war er in Zivil gekleidet. Niemand sprach ihn an, doch am Stammtisch debattierten ein paar Einheimische.

»Der Wolfsmörder kommt nicht ungeschoren davon.«

»Wenn die Polizei ihn nicht erwischt, knöpfen wir uns den

selber vor. Es weiß ja jeder, wo er wohnt, wenn der Depp öffentlich sagt, dass er ihn erschießen wird.«

»Aber das ist doch der Bauer, der seit Sonntag verschwunden ist.«

»Vielleicht hat einer gesehen, wie er das arme Tier erlegt hat, und ihn gleich kaltgemacht.«

Waldinger trank schluckweise und spitzte seine Ohren. Wieso wussten die hier schon vom gefundenen Wolf? Könnte es sich so abgespielt haben? Es nützte nichts. Er musste auf die Toilette und zurück an seinen Platz.

Der Jagdaufseher war ins Gespräch mit Wanderern vertieft, schaute auf und sagte zu Waldinger. »Die zwei Minuten dauerten aber. Um was geht es denn hier?«

»Ich weiß es nicht. Es ist eine Schande. Da steh ich seit Stunden auf diesem Fleck und mach meinen Job, und keinem fällt ein, mich auf dem Laufenden zu halten. Ich komm mir vor wie ein Praktikant. Was machst du hier, gehört Schetteregg zu deinem Gebiet?«

»Ein echter Jagdaufseher kennt keine Grenzen. Es hängt alles zusammen. Die Tiere drehen nicht um, weil auf einer Karte ein roter Strich durchs Gelände geht. Wer den Überblick behalten will, muss über den eigenen Tellerrand hinausschauen. Ich kann mit meinem Jeep alle Forstwege im Land nützen. Das ist das Privileg des Jagdaufsehers. Ich bin überall unterwegs und halt mich auf dem Laufenden.«

»Und deine Firma? Läuft die ohne dich?«, fragte Waldinger.

»In meiner Schreinerei, da komm ich mir wie der Praktikant vor. Der Junge trifft alle Entscheidungen allein, aber für Handlangerdienste wär ich gut genug.«

»Jetzt, da Jerry auch fehlt, wird er für jede Hilfe dankbar sein.«

»Dankbar? Das wäre das Letzte. Auf der einen Seite bewundere ich Gerold für seinen Mut. Der wird eine bessere Arbeit finden.«

»Er hilft momentan auf dem Kohlbachhof, er ist tüchtig und sieht, was zu tun ist. Ein ...«

»Unser Gerold? Er ist auf dem Kohlbachhof? Ja, Kruzitürken, fällt dem nichts Gescheiteres ein?«

Magdalena saß in der Nische und machte sich unsichtbar. Sie nuckelte nach Jahren wieder einmal an ihrem Daumen. Er war schon ganz aufgeweicht und runzlig, doch sie konnte nicht aufhören. Sie möchte wieder ein Baby sein. Das Baby in Mamas Bauch. Niemand konnte ihm etwas wegnehmen, es brauchte keine Angst zu haben. Im Haus war es ruhig. Was machte die Oma hier? Vielleicht war sie schon wieder weggefahren? Und wie lange dauerte es noch, bis Mama wiederkam? Und Papa? Wo war ihr Papi? Magdalena nuckelte immer heftiger. Die Tränen flossen nur so über ihre Wangen, die Nase rann, und als sie mit der Zunge über die Lippen fuhr, schmeckte alles salzig.

Sie hörte das Telefon klingeln, die ungewohnten Schritte ihrer Oma. Vorsichtig lupfte sie die Decke ein wenig. War ihr Papa am Telefon?

»Auf dem Kohlbachhof«, meldete die Oma sich.

Magdalena spitzte die Ohren. Sie hörte die Stimme aus dem Telefonhörer nicht. Nur die Antworten.

»Nein, Miriam ist nicht da. Ich bin die Oma.«

»Ja, die ist heimgekommen.«

In dem Moment öffnete jemand die Haustür und schmiss sie schwungvoll ins Schloss.

»Einen Schulpsychologen für Magdalena? Ich weiß nicht ...«

Magdalena hörte, wie Verena den Klettverschluss ihrer Turnschuhe öffnete und die Schuhe unter die Garderobenbank kickte.

»Ich werde mit Miriam reden.«

»Mama! Ich bin da!«, schrie Verena.

»Auf Wiederhören.«

Magdalena hörte, wie Türen geöffnet und wieder zugeworfen wurden. Aus der Küche duftete es nach Kaiserschmarren. Magdalenas Magen knurrte laut.

»Oma? Was machst du hier? Wo ist Mama? Und was ist mit deinen Fingernägeln?« Verenas Stimme klang laut durch die Wohnung.

»Deine Mama kommt gleich, und Magdalena ist in der Stube.«

Verena polterte in die Stube herein und zog die schützende Decke weg. »Magdi, was machst du da? Komm in die Küche. Die Oma kocht, es riecht voll lecker.«

Vorsichtig ging Magdalena hinter der kleinen Schwester her. Die Oma stand am Herd und streute eine dicke Schicht Puderzucker über den Kaiserschmarren. Magdalenas Teller stand auf Papas Platz. Sie ging zum Tisch und deckte alles richtig. Die Oma hatte auch die falschen Gläser auf den Tisch gestellt. Und wieso gab es Saft? Heute war doch nicht Sonntag?

Von draußen tönte Motorengeräusch durch die geschlossenen Fensterscheiben. Magdalena rannte zur Haustür und riss sie auf. »Mama!«

Miriam stieg aus, und Magdalena rannte auf sie zu. »Mama!«

»Psst! Leise. Sara schläft im Auto.«

Gemeinsam gingen sie ins Haus und setzten sich an den Tisch. Die Oma schöpfte allen. Die Stimmung war angespannt. Magdalena musterte vorsichtig die Miene der Oma.

»Danke«, sagte Miriam.

»Das passt schon«, sagte die Oma und stocherte in ihrem Essen herum.

»War jemand hier?«, fragte Miriam.

»Nein, nur einmal hat das Telefon geklingelt.«

»Haben sie eine Spur?«

»Ach, Kind, sie werden keine Spur finden. Wenn jemand nicht gefunden werden will …«

Magdalena fühlte, wie ihre Mama neben ihr anfing zu zittern. »Wer war es?«

»Die Lehrerin. Sie macht für Magdalena einen Termin beim Schulpsychologen.«

Wie in Zeitlupe beobachtete Magdalena, wie Miriam den Teller in die Tischmitte schob und aufstand. Sie stemmte die Hände in die Hüfte. »Meine Kinder brauchen keinen Psychologen, die sind nicht verrückt.«

»Es ist zu ihrem Besten.«

»Das sagst du? Du? Kennst du Magdalena, weißt du, wie es uns geht, interessiert es dich überhaupt? Du bist es doch, die denkt, wir ticken nicht ganz richtig. Weil wir uns freiwillig die Hände schmutzig machen, weil wir gerne schaffen und auf dem Hof leben. Du verstehst das nicht. Du hast mich nie verstanden. Geh doch selber zum Psychologen!«

Es dämmerte, als Waldinger in Schetteregg in sein Auto stieg. Sein Magen knurrte, sein Gehirn arbeitete pausenlos und drehte sich doch im Kreis. Er brauchte eine Pause. Morgen war Samstag. Vor nächster Woche würden keine Berichte der Spurensicherung, keine Autopsieergebnisse des Wolfes, keine abgetippten Protokolle vorliegen. Und die Sache mit der unehelichen Tochter Florina hatte nach dem heutigen Tag keine Priorität mehr. Sie waren übereingekommen, dass Koch an ihrem Lauf teilnahm, Meuse die Bereitschaft im Büro übernahm und Waldinger einen Tag Pause machte. Er musste alles sacken lassen, die Gedanken ordnen, den Kopf frei machen. Er würde schauen, was die Enkel trieben. Die brauchbaren Ideen kamen meist, wenn er sich ablenkte und die Gedanken freiließ.

Samstag, 12. September

Waldinger holte seinen Enkel Lorenz ab, um mit ihm nach Schoppernau zu fahren. Hunderte Schafe wurden heute von der Alpe Schadona ins Tal getrieben und dort von den verschiedenen Bauern abgeholt und verladen. In den letzten Jahren hatte sich die Schaufschod, wie die Einheimischen das Spektakel nannten, zu einem kleinen Volksfest entwickelt. Pünktlich parkte er vor Martins und Annikas Haus. Lorenz kam mit einem kleinen Rucksack auf dem Rücken auf ihn zugelaufen. Waldinger nahm ihn hoch und schwang ihn einmal im Kreis. Annika stand in der Haustür und lächelte. Der freundliche Ausdruck verschwand, als sie fragte: »Ist der Wolf wirklich tot? Im Radio kommt heute fast kein anderes Thema.«

»Es stimmt leider. Dieses Ende hat sich wohl niemand für ihn gewünscht. Wie ist die Stimmung bei den Wäldern für den Wolf? Hast du von Amann schon was gehört?«

»Er hat eine Rundmail geschickt. Wir treffen uns heute Abend und besprechen das weitere Vorgehen. Bisher ist nicht viel rausgekommen bei unseren Treffen. Die bürokratischen Hürden sind enorm und die Spendengelder weniger zahlreich als erwartet.«

»Meinst du, ich könnte mitkommen?«

Überrascht schaute Annika ihn an. »Ich denke schon.«

Waldinger schnallte Lorenz in seinem Auto an und sagte: »Wink noch deiner Mama!«

Annika winkte zurück. »Du hast etwas zum Essen in deinem Rucksack.«

»Ich werde ihm keine Wurst kaufen, versprochen«, beruhigte

Waldinger die Vegetarierin und zog sein klingelndes Handy aus der Hosentasche. »Kathrin?«, meldete er sich. »Was ist los?«

»Du fährst doch mit Lorenz nach Schoppernau, nimmst du mich und Finn auch mit?«

»Wolltet ihr nicht mit Jerry auf die Schaufschod?«

»Ich erklär's dir später. Wir sind startklar und stehen vor der Haustür.«

»Äh, ja. Ich bin in zwei Minuten da.« Er schob das Handy wieder in die Tasche. »Das wird ein schöner Vormittag. Kathrin und Finn kommen auch mit.«

»Gestern hat sie gesagt, sie geht mit ihrem Freund hin. Wenn der nicht dabei ist, ist es okay, aber der Typ ist kein Umgang für unseren Lorenz. Der mit seinen primitiven Ansichten.«

Waldinger gab keine Antwort, stieg ein und hupte kurz, als er Richtung Hilkat fuhr. Auf dem Weg zu Kathrins Wohnung kam ihm Jerry in seinem tiefergelegten Golf entgegen. Waldinger hob die Hand zum Gruß, und Jerry streckte den Zeigefinger durch die geöffnete Fensterscheibe.

Wieso ging er nicht mit Kathrin und Finn nach Schoppernau? Hatten die beiden etwa schon gestritten?

Auf der Fahrt plagte ihn das schlechte Gewissen, weil er sich heute freigenommen hatte. Pflichtschuldig rief er bei Meuse im Büro an.

»Was gibt's Neues?«

»Ist dir langweilig? Die Stammtischbrüder vom Schettereggerhof kommen gleich, um die Protokolle zu unterzeichnen. Warst du das, der gestern mit denen gesprochen hat?«

»Ja, gestern Abend, aber sie waren schon ziemlich dicht. Hoffentlich erinnern sie sich heute noch an ihre Worte.«

»Siehst du einen Zusammenhang zwischen dem toten Wolf, diesen sogenannten Wolfsfreunden und dem Verschwinden des Bauern?«, fragte Meuse.

»Wenn ich das wüsste.« Waldinger seufzte, legte auf und

wandte sich an Kathrin. »Wo ist Jerry? Ist er auf dem Kohlbachhof?«

Kathrin nickte. »Er kommt …«

»Miriam ist froh, wenn er ihr das Melken abnimmt, aber er muss nicht jede Minute dort verbringen.«

»Jetzt lass mich halt ausreden. Er holt die Kinder und kommt mit ihnen nach Schoppernau. Sie müssen mal fort von diesem Hof und der Stimmung dort, hat er gemeint.«

Verena und Magdalena standen hinter den niedrigen Absperrzäunen, dahinter Jerry mit Sara auf den Schultern, Kathrin mit Finn und Waldinger mit Lorenz, der zu ängstlich war, um sich neben Verena zu stellen, obwohl sie gemeinsam den Kindergarten besuchten.

Rund um das Gatter, das den Platz hinter dem Schoppernauer Gemeindesaal in viele kleine Felder aufteilte, parkten Traktoren und Viehhänger in allen Größen. Die Bauern standen behutet und rauchend lässig an ihre Traktoren gelehnt und warteten auf das Eintreffen der Schafe, welche die letzten hundert Tage mit ein paar Hirten auf der Alpe Schadona gesömmert hatten. Knapp tausend Tiere wurden in der nächsten Stunde auf dem Scheidplatz erwartet.

Aus dem angrenzenden Gemeindesaal tönte laute Frühschoppenmusik, und die Bedienung an der Schirmbar in Waldingers Nähe hatte alle Hände voll zu tun. Immer mehr Besucher strömten von dem feinen Handwerkermarkt an der Straße hinter das Gemeindeamt, um die Ankunft der Tiere live mitzuerleben.

Magdalena war die Erste. »Ich hör sie, ich hör sie.«

Waldinger horchte genau hin, doch außer der Feststimmung vernahm er nichts. Es dauerte noch einige Sekunden, bis auch er sich sicher war. Das Gebimmel von tausend kleinen Glocken kam näher und wurde mit jedem Wimpernschlag lauter.

Ein Raunen ging durch die Menge, als der erste Hirte auf den Scheidplatz einbog. Durch einen schmalen Gang drängten die

Schafe im Gänsemarsch auf den Platz. Der bärtige Hirte stand mit einem Stecken in der Hand auf einem der Gatter und dirigierte die Schafe in die richtigen Abtrennungen.

»Unglaublich, dass der die Tiere der verschiedenen Bauern so schnell auseinanderdirigieren kann.« Waldinger war ganz in den Bann gezogen.

»So ein Sommer als Hirte würde mir gefallen«, meinte Jerry.

»Warst du als Bub mal auf einer Alpe?«

Er schüttelte den Kopf. »Ich musste daheim helfen.«

»Hast du schon eine Arbeit in Aussicht?«

»Jetzt helf ich erst mal der Miri, und wahrscheinlich geh ich im Winter zum Walzenfahren nach Lech. Die ganze Nacht hindurch mit so einer Riesenmaschine die Schipisten herrichten. Das würde mir taugen.«

Plötzlich zog Verena heftig an Jerrys Hand und deutete aufgeregt in die Schafmenge. »Jerry, Jerry, schau. Da. Da vorne. Siehst du's?«

Waldinger und Jerry schauten genau hin, doch außer Schafen konnte Waldinger nichts entdecken. »Was siehst du?«

»Ja, da vorne, das ist kein normales Schaf. Das ist ein Brillenschaf.«

Waldinger blickte angestrengt in die Richtung, in die Verena aufgeregt deutete.

»Du hast recht. Das sieht aus wie eure Schafe. Und es ist das Einzige mit dieser schwarzen Zeichnung«, bestätigte Jerry.

Jetzt verstand auch Waldinger die Aufregung der Kohlbachhof-Kinder. »Wir werden beobachten, welcher Bauer es in seinen Hänger treibt, und dann fragen wir nach, wo das Schaf herkommt. Das ist eine seltene Rasse, oder?«

Magdalena drehte sich um und nickte wissend. »Wir sind die Einzigen im Bregenzerwald, die Brillenschafe züchten.«

Am Samstagnachmittag zog Waldinger seine Wanderschuhe an. Der Vormittag in Schoppernau war schön gewesen, aber den Kopf hatte er nicht freibekommen. Was hatte das alles zu bedeuten? Wolfgang war verschwunden, der Wolf tot, aber vom Kopf fehlte jede Spur, das gerissene Lamm war lebendig auf einer mindestens vierzig Kilometer entfernten Alpe wieder aufgetaucht. Was ging hier vor? Was hatte Wolfgang im Stacheldrahtzaun gesehen? War da überhaupt etwas gewesen?

Er fuhr mit Helga ein Stück in Richtung Hinteregg. Vor dem Gatter in Sifratshütten parkte er, und sie gingen zu Fuß bergan. Helga bückte sich da und dort, sammelte Frauenmantel und Heidelbeeren. Waldinger ging langsam und gleichmäßig weiter und versuchte, seine Gedanken zu ordnen.

Es war Vorsäßzeit. Die Tiere waren in den letzten Tagen von den Hochalpen auf die niedriger gelegenen Vorsäße gezogen. Glockengebimmel und das Summen der Bienen erfüllten die warme Septemberluft. Die meisten Bauern fuhren nur noch zum Melken hierher, nur wenige blieben die ganzen drei Wochen hier oben. Die Hütten lagen vereinzelt und in großen Abständen an dem steilen Hang verstreut.

Nachdem sie bereits über eine Stunde lang bergauf gewandert waren, fragte Waldinger seine Frau: »Wird es dir zu viel, oder sollen wir noch auf die Sienspitze?«

Helga blieb stehen und strich sich die verschwitzten Haare aus dem Gesicht. »Geh du nur nach oben. Ich sammle hier in Hinteregg noch ein wenig Frauenmäntele und setz mich dann auf die Bank beim Brunnen vor der Hütte der Kohlbachers. Dann treffen wir uns dort.«

Waldinger nickte und ging in seinem eigenen Tempo weiter. Hier in dieser Gegend hatte seine Kollegin Renate Koch Anfang Mai beim Trail-Lauf den Wolf gesehen. Irgendwo in diesem Stacheldrahtzaun war ein Teil von einem gerissenen Lamm entdeckt worden. Doch heute war eben dieses Schaf wieder aufgetaucht. Hatte Wolfgang das Tier heimlich nach Schadona gebracht, damit er einen Grund gehabt hatte, den Wolf zu jagen?

Oder hatte jemand anderes Wolfgangs Wut anstacheln wollen und deshalb das Lamm verschwinden lassen? Aber was war mit dem Fleischklumpen?

Der Schweiß perlte auf seiner Stirn, als er den letzten Hang in Angriff nahm. Wenn ihm doch der Berg Antworten auf seine Fragen liefern könnte.

Er war allein beim Gipfelkreuz und genoss den herrlichen Rundumblick. Die felsigen Berggipfel im Hinterwald und die sanfteren Hügel talauswärts. Über Bezau und Andelsbuch war der Himmel voller bunter Paraglider. Doch für nächste Woche hatte der Wetterbericht bereits den ersten Schnee in den Bergen angekündigt. Kaum zu glauben. Waldinger war beim Aufstieg warm geworden, und er freute sich über die leichte Brise, die hier oben wehte. Er setzte sich auf den Sockel des Gipfelkreuzes und blätterte im Gipfelbuch. Ein Name fiel ihm auf. Der war in letzter Zeit oft hier gewesen, und morgen würde Waldinger ihn treffen, vielleicht konnte der ihm erzählen, was hier oben gespielt wurde.

Ein bunt zusammengewürfelter Haufen von etwa dreißig Menschen saß in einer separaten Stube des Gasthauses in Schetteregg. Waldinger ging hinter Annika her und erwartete, dass er vorgestellt wurde. Doch sie ging gleich lächelnd und winkend an einen der hinteren Tische, setzte sich zu zwei älteren Männern und ließ ihn allein. Er fühlte sich gemustert und beobachtet und setzte sich allein an einen der kleinen Vierertische an der Wand. Annika wollte wohl nichts mit ihm zu tun haben.

Die Bedienung im grünen Jägerdirndl nahm seine Bestellung auf und kam gleich darauf mit einem großen Radler zurück. Während Amann, der Vorsitzende dieser Truppe, mit einem Kugelschreiber laut an sein Glas klopfte und aufstand, nahm Waldinger einen großen Schluck. Er würde heute kein stiller Zuhörer bleiben. Es musste endlich Bewegung in diesen Fall kommen.

»Willkommen, liebe Freunde des Wolfes. Leider treffen wir uns unter sehr traurigen Umständen schon so bald wieder.«

Das Gemurmel und Stühlerücken wurde leiser. Die Wolfsfreunde suchten Blickkontakt zum Rudelführer und lehnten sich gespannt zurück. Amann fuhr fort. »Die erste Euphorie über den Wolf scheint abgeklungen.« Er blickte anklagend zu den leer gebliebenen Stühlen. »Doch auch ein neues Gesicht darf ich in unserer Runde begrüßen.«

Waldinger nickte ihm gnädig zu.

»Wir sind heute zusammengekommen, um darüber zu beratschlagen, wie es mit unserer Vereinigung weitergeht. Doch zuerst möchten wir gemeinsam eine Schweigeminute abhalten, zum Gedenken an diesen prominenten Gast, der sich leider nur kurz in unser bescheidenes Tal verirrt hatte.«

Amann senkte seinen Blick und faltete die Hände vor seinem Lodenjanker. Nach einer halben Minute reichte es Waldinger, und er stand ebenfalls auf.

»Km, km«, räusperte er sich. »Mein Name ist Reinhold Waldinger, wie einige von euch bereits wissen, ich bin von der Kripo in Bregenz.« Er beobachtete, wie die Leute sich zu ihm umdrehten, Annikas Wangen leuchteten rot.

»Ich ermittle in dem Fall des Wolfsmörders, doch dreißig Augenpaare«, er zeigte mit einer schwungvollen Handbewegung auf die Anwesenden, »sehen mehr als eins. Ich bin euch für jede Information dankbar, die mich auf die Spur dieses hinterlistigen Mörders bringt. Ich danke euch.« Waldinger setzte sich wieder.

Amann, der noch immer stand, reagierte als Erster. »Es ist uns eine Ehre, dass wir dir helfen dürfen. Doch, um nicht zu wissen, wer den Wolf erschossen hat, müsstest du blind und taub durch die Gegend laufen. Er hat seine Tat ähnlich eines Amokläufers vor Wochen angekündigt und bei der erstbesten Gelegenheit umgesetzt. Wir hatten keine Chance, ihn davon abzuhalten. Wir hoffen, dass du diesen Mörder endlich findest und hinter Gitter bringst. Es ist an der Zeit, ein Exempel zu statuieren. Aber er ist wohl zu schlau für die Polizei.«

Waldinger stand wieder auf. »Was macht dich so sicher?«

»Ja, hast du keine Nachrichten gehört oder angeschaut? Der Bauer vom Kohlbachhof hatte es auf den Wolf abgesehen. Das weiß jeder! Da gibt es keinen Zweifel!«

»Und da du dir sicher warst, hast du den Bauern vorsorglich verschwinden lassen. Wusstest du letzten Sonntag schon, dass der Wolf tot ist?«

Waldinger setzte sich und trank das halbe Glas leer. Diese direkte Konfrontation war üblicherweise nicht seine Taktik.

Amann schob den Stuhl polternd zurück, ansonsten war es unglaublich ruhig in dem großen Raum. Die Schritte hallten, und er baute sich vor Waldingers Tisch auf. »Lieber Freund, wenn du gekommen bist, um mir einen Mord zu unterstellen, dann bist du hier falsch.«

»Davon weiß ich nichts. Wie kommt es, dass du von Mord sprichst? Du bist der Einzige, der vom Tod des Bauern weiß. Das kann kein Zufall …« Weiter kam Waldinger nicht. Eine schmale, faltige Faust mit sauber geputzten Fingernägeln packte ihn am Hemdkragen. Amann spukte während des Sprechens. »So nicht! Raus mit dir!«

Waldinger löste die Faust von seinem Hemd und setzte sich wieder. Äußerlich seelenruhig richtete er seinen Kragen und winkte der Bedienung, die fassungslos am Türrahmen lehnte. »Zahlen, bitte.«

Dreißig Menschen verfolgten stumm jede seiner Bewegungen. Waldinger ging zur Tür, drehte sich noch einmal um und zwinkerte Annika zu. »Ich finde den Mörder, verlasst euch drauf. Aber wer den Wolf erschossen hat, das interessiert mich nicht.«

Sonntag, 13. September

»Dürfen wir auf den Spielplatz?«, fragte Magdalena, und Miriam nickte. »Von dort seht ihr die Uhr des Kirchturms. Um halb zwölf macht ihr euch auf den Heimweg, ich habe ein Hähnchen im Backrohr, das um zwölf fertig ist. Lauft zu! Und Magdalena: Ich verlass mich auf euch!«

Die zwei Mädchen sausten durch das Wohngebiet, überquerten die Hauptstraße und rannten am Bach entlang. Bei der Kirche nahmen sie den steilen Fußweg zum Spielplatz hinauf. Sie hüpften kurz auf dem Trampolin und fuhren jede zweimal mit der Drahtseilbahn, als Verena sagte: »Lass uns Räuber spielen. Komm, du versteckst dich in der Hütte, und ich bin der Polizist.«

Magdalena nickte und rannte los. Die alte Holzhütte lag versteckt hinter großen Eichen. Sie kletterte auf einen Felsbrokken, hüpfte zwischen den großen Baumwurzeln durch und öffnete schwungvoll die Tür.

Sie blieb stehen und schaute die drei Buben an. Was machten die da? Sie rauchten heimlich Zigarettenstummel. Was sollte sie tun? Am besten schnell zurück zu Verena. Doch während sie noch überlegte, packte der Schneckendieb sie am Arm und zog sie in die Hütte. Es roch nach Rauch, und auf dem Boden lagen leere Chipspackungen.

Magdalena setzte sich schüchtern auf die Holzbank an der gegenüberliegenden Wand. Wenn sie nichts sagte und nur nickte, würden die Buben sie vielleicht in Ruhe lassen.

»Das ist unsere Hütte«, knurrte der Schneckendieb. »Wir werden dich hier einsperren, das ist ein Gefängnis.«

Magdalena schaute vorsichtig zum Fenster. Die Holzhütte war einfach gebaut, das Fenster war nur ein Loch in der Wand. Sie könnte dort hinausklettern.

»Weißt du, was ein Gefängnis ist?«

Sie nickte kurz und blickte wieder auf die Zigarettenstummel auf dem sandigen Boden. Der Rothaarige lachte dreckig.

»Schnauze!«, fuhr der Schneckendieb ihn an. »Natürlich weißt du, was ein Gefängnis ist. Hast du deinen Papa dort schon besucht?«

Entsetzt schaute Magdalena ihm ins Gesicht, blieb aber stumm.

»Sag, warst du dort?« Der Junge spuckte aus.

»Stinkende Lügner seid ihr alle zusammen. Dein Vater ist gar nicht verschwunden, der Wolfsmörder ist im Gefängnis, da, wo er hingehört.«

Das Haus war mit zahlreichen Jagdtrophäen geschmückt. Über dem Eingang hing ein Hirschgeweih, und ein ausgestopftes Murmeltier hauste in einem kleinen Häuschen neben dem Apfelbaum. Helga warf Waldinger einen vielsagenden Blick zu.

»Ganz dein Geschmack, oder?«, lächelte Waldinger.

Helga rollte mit den Augen. »Vor allem ganz Kathrins Richtung. Über was red ich mit der Frau? Hast du eine Ahnung, was sie beruflich macht, ob sie strickt, singt oder Theater spielt? Mir ist es grad ein wenig übrig, das gemeinsame Kaffeetrinken. Wenn das zwischen Kathrin und Jerry anhält, hätten wir sie schon noch kennengelernt, und wenn nicht, dann ist es schade um den Sonntagnachmittag. Ich bin fast erschrocken, als Jerry rumgedruckst hatte, seine Eltern wollen uns kennenlernen.«

»Über Gesprächsthemen mach ich mir keine Sorgen. Ich frag Anton, wie die Jagd läuft, und dann ist der Nachmittag für die Männer gerettet.«

Beide lachten, als sie vor dem Haus auf einer Anhöhe über Bezau aus dem Auto stiegen. Jerrys Golf parkte vor dem Garagentor. Waldinger ging ein paar Schritte ums Haus herum und staunte über die Aussicht. »Toller Blick, muss ich schon sagen, obwohl wir nur wenige Kurven hochgefahren sind.«

Helga nickte. »Aber im Winter brauchen sie Ketten oder ein Allrad-Auto, als Jäger hat er sicher einen Geländewagen.«

»Richtig«, tönte eine tiefe Stimme hinter den Waldingers.

»Servus miteinander.« Jerrys Vater kam aus der Garage, trat neben sie und gab zuerst Helga die Hand. »Ich bin Anton.«

»So sieht man sich wieder«, murmelte Waldinger verlegen, und der Jagdaufseher fragte sofort: »Wieso hast du mir das mit dem Wolf nicht gleich erzählt? Du wusstest es schon in Schetteregg, stimmt's?«

Waldinger legte einen Finger auf die Lippen. »Amtsgeheimnis.«

Anton lachte. »Es bleibt ja alles in der Familie, aber ich hab Gerold versprochen, heute nicht zu lange über den Wolf zu diskutieren.«

Gemeinsam gingen sie ins kühle Hausinnere. Es duftete nach Kaffee und Apfelkuchen. Finns »brumm, brumm« tönte aus dem Wohnzimmer. Kathrins Lachen klang ansteckend. Die Stimmung schien gut zu sein.

Waldinger straffte seine Schultern und beschloss, den Kuchen zu genießen und recht bald wieder aufzubrechen, um diesen herrlichen Herbsttag nicht in einer Stube verbringen zu müssen. Er schaute zu Antons Ehefrau auf, als er sie begrüßte. Daher also Jerrys Statur. »Rosalinde«, stellte sie sich vor und bat die Gäste, an der bereits eingedeckten Kaffeetafel Platz zu nehmen. Auf der weißen gebügelten Tischdecke standen mehrere Flaschen mit kleinen Wiesenblumen. Hier hatte sich jemand Mühe gegeben. Waldinger nickte anerkennend, als er die große Glasschale mit frisch geschlagener Sahne neben dem duftenden Apfelkuchen und einem Teller mit Schokoladetörtchen sah.

Kathrin band Finn ein Lätzchen um und setzte ihn auf Waldingers Schoß. Dann ging sie in die Küche, um Jerrys Mutter mit dem Kaffee zu helfen. Waldinger dachte an das Gespräch mit Helga zurück. War Jerry nicht im Streit von zu Hause ausgezogen? Hier wirkte alles so eingespielt und harmonisch.

»Ihr Männer kennt euch ja schon, nach dem Spektakel vorgestern in Schetteregg«, stellte Rosalinde fest.

Anton nickte. »Kein Wunder, dass der Kohlbachhöfler verschwunden ist, die Wolfsfreunde hätten ihn gelyncht. Stellt ihr die Suche jetzt ein?«

»Solange wir nicht wissen, ob die ganze Geschichte zusammenhängt …«

»Ja, das, mein lieber Reinhold, sagt mir der gesunde Hausverstand. Wieso sollte er sonst untergetaucht sein? Du hast ihn doch selbst gehört, damals bei der Podiumsdiskussion.«

Jetzt mischte Jerry sich ein. »Ich kann es nicht mehr hören. Wir haben was ausgemacht, sei jetzt still.«

»Der Kuchen ist herrlich. Gibst du mir das Rezept?«, wandte Helga sich an Rosalinde. Und auch Waldinger versuchte einen Themenwechsel. »Den Trophäen nach bist du bei deinen Jagden sehr erfolgreich.«

Anton zerquetschte mit der Kuchengabel die letzten Brösel auf seinem Teller und leckte die Gabel genüsslich ab. »In erster Linie bin ich Jagdaufseher, aber die Jägerei ist mein großes Vergnügen. Ich mache jedes Jahr zwei Jagdreisen. Ich war schon in Russland, Kenia, Ungarn, Schweden, sogar bis Kanada hab ich es geschafft. Aber die Einfuhrgenehmigungen werden von Jahr zu Jahr komplizierter. Mittlerweile ist es fast nicht mehr möglich, mit Trophäen offiziell über die Grenze zu reisen.« Er drückte ein Auge zu, doch bevor er weitererzählen konnte, warf Waldinger ein: »Was ist denn die Aufgabe eines Jagdaufsehers? Geht das neben der Arbeit als Schreiner?«

»Ja, das geht. Es bleibt halt kein Feierabend, aber ich arbeite gern. Als Jagdaufseher bin ich für das Wild verantwortlich. Ich hab schon wildernde Hunde abgeschossen, aber das ist eine heikle Geschichte. Die Leute verstehen das heutzutage nicht mehr. Sie denken, ihre Hunde sind wie Menschen, habt ihr einen Hund?«

Waldinger schüttelte den Kopf.

»Aber das Wild muss geschützt werden, jetzt wo auch noch Wölfe in unseren Revieren auftauchen.«

»Hast du den Wolf selbst gesehen?«, fragte Helga.

Er nickte wichtig. Doch seine Frau stand auf und fragte Waldinger: »Du nimmst doch noch ein Schokoladetörtchen?«

»Gerne.« Waldinger nickte und wandte sich wieder dem Jagdaufseher zu. »In Hinteregg? Du bist oft auf der Sienspitze, wie ich im Gipfelbuch gelesen habe.«

»Ich hab ihn gesehen, aber ich rede nicht darüber, drum sagt es nicht weiter. Es bleibt in der Familie, abgemacht?« Er lachte laut auf. »Ich will die Diskussion nicht weiter anheizen. Ihr ahnt nicht, was hinter den Kulissen läuft. Die Stimmung ist momentan hochexplosiv.«

Montag, 14. September

In der Nacht hatte es abgekühlt. Ein frischer Wind trieb dunkle Wolken vor sich her. Der Wetterbericht hatte erst für morgen Regen angesagt.

Waldinger fuhr gleich in der Früh zum Kohlbachhof. Miriam und die Mädchen standen im Freien in der Hofeinfahrt und diskutierten laut. Es schien, als weigerten die Mädchen sich, in den Kindergarten und in die Schule zu gehen. Beide Großen heulten und schrien, und Miriam sah aus, als stünde sie kurz vor dem Platzen. Waldinger kurbelte die Scheibe herunter und fragte: »Guten Morgen, meine Damen, darf ich euch in den Kindergarten und in die Schule begleiten?«

»Nein, die beiden laufen, dann können sie abkühlen, bis sie im Dorf sind. Und trödelt nicht, sonst kommt ihr zu spät.«

Noch immer maulend machten Verena und Magdalena sich auf den Weg.

»Welch ein Glück, du bist im richtigen Moment gekommen, sonst wär ich sie nicht losgeworden.«

Sara trug nur ein Nachthemdchen und lief zum Sandkasten.

»Komm, Sara, wir müssen dich noch frisch machen, du warst noch gar nicht im Bad.« Die Kleine hörte nicht und setzte sich mitten in den Sand und schaufelte ihre nackten Füße zu. Miriam fasste sich mit der Hand in den Rücken und ließ sich auf die Bank vor dem Haus sinken.

»Geht es dir nicht gut?«, fragte Waldinger besorgt. »Wann kommt Traudl wieder?«

»Traudl kommt heute am späten Nachmittag zurück, aber so lange wird mein Baby nicht mehr warten.«

»Geht es los?«

Sie nickte müde. »Ich muss ins Krankenhaus. Ich werde den Rettungswagen anrufen.«

»Ich fahr eh auswärts, aber was machen wir mit Sara?«

»Ich werde sie mitnehmen. Im Krankenhaus ist sicher eine Schwester, die sich kurz um sie kümmern kann. Meine Geburten gingen alle recht flott.«

»Hol deine Tasche, ich versuch, Helga oder Kathrin zu erreichen. Oder Jerry? Ist er nicht da?«

»Er ist mit dem Traktor nach Schnepfau gefahren, er will ein Güllefass ausleihen.«

Waldinger hatte Kathrin gebeten, auf den Hof zu kommen und sich um Sara zu kümmern. Für lange Erklärungen war keine Zeit geblieben, aber seine Tochter würde es schon richten. Miriam saß, immer wieder leise stöhnend, neben ihm, und er nahm die Kurven übers Bödele heute so schnell wie möglich. Als oberhalb von Schwarzenberg zum ersten Mal die Reifen quietschten, sagte Miriam leise: »Es pressiert nicht, die Abstände zwischen den Wehen sind noch recht lange.«

Nichtsdestotrotz gab Waldinger Gas und warf immer wieder verstohlene Seitenblicke auf seine Beifahrerin.

»Muss Kathrin die Großen am Mittag abholen?«

»Nein, die kommen allein heim. Ist in Bizau Gott sei Dank noch so üblich.«

Als er beim Kurhotel in Rickatschwende vorbeifuhr, gingen seine Gedanken zurück zu jenem Tag, als sein Enkel Finn zur Welt gekommen war. Er stieg noch weiter aufs Gaspedal, bis Miriam sagte: »Meine Kinder haben keinen Papa mehr, nimm ihnen nicht auch noch die Mama.«

Waldinger lieferte Miriam im Krankenhaus in Dornbirn ab und fuhr erleichtert ins Landeskriminalamt. Seine Sekretärin Annette schaute von der Tastatur auf und begrüßte ihn besorgt.

»Morgen. Renate hat angerufen. Sie ist für drei Wochen im Krankenstand.«

»Was? Drei Wochen? Das ist ja ewig, bis dann ist schon Winter, was hat sie denn?«

»Bei dem Lauf in der Schweiz hatte sie plötzlich extreme Knieprobleme und musste ins Krankenhaus.«

»Verflixt. Ich wollte dir gerade erzählen, wie mein Montagmorgen heute angefangen hat, aber in diesem Fall ... ah, Montage!«

Er breitete sich in seinem Büro aus und rief nach Meuse. Hoffentlich konnte der mit ein paar guten Nachrichten aufwarten. Doch seine Zusammenfassung klang dürftig.

»Ein ganzer Tag Arbeit und das am Wochenende. Ich würd nicht klagen, wenn wenigstens etwas Handfestes rausgekommen wäre. Einzig das Protokoll von diesem Amann hat mich stutzig gemacht. Der scheint zu hundert Prozent davon auszugehen, dass Wolfgang das Tier erschossen hat.«

Waldinger nickte. »Der steht auch auf meiner Liste mit einem dicken Ausrufezeichen. Allerdings ist er ein pensionierter Geschäftsmann. Der hat sein Lebtag lang nichts in der Hand gehabt, das schwerer wiegt als ein Kugelschreiber. Wie soll der jemanden umbringen oder fortschaffen? Und wenn er Helfer hatte, dann wird es nicht lange dauern, bis jemand redet. Da bleiben wir dran.«

Sie saßen den ganzen Vormittag über dem Aktenberg, lasen Protokolle, glichen ihre Daten ab, gingen jedem noch so zweifelhaften Anruf nach und schauten sich am Mittag ernüchtert an. »Nichts. Keine Spur. Alles für die Katz.«

Nachdenklich gingen sie durch das Treppenhaus in Richtung Kantine, als Waldingers privates Handy klingelte. »Kathrin, was ist, wo bist du?«

»Ich bin noch auf dem Kohlbachhof. Ich habe es irgendwie geschafft, Finn und Sara zu einem Mittagsschlaf zu bewegen. Aber weißt du, wann Magdalena die Schule aus hat? Verena ist kurz vor zwölf heimgekommen und hat gesagt, dass Magdalena manchmal sogar schon vor ihr daheim wäre. Aber jetzt ist es halb eins, und sie ist nicht aufgetaucht.«

»Scheiße.« Waldinger kratzte sich heftig am Hinterkopf. »Ruf doch in der Schule an und behalt Verena im Auge.«

»Verena ist mit Jerry draußen. Aber was soll ich in der Schule denn sagen? Die kennen mich nicht und …«

»Bitte, Kathrin, kümmere dich darum. Ich fahr sofort los, ich bin in einer Dreiviertelstunde bei euch. Halt mich auf dem Laufenden.« Zu Meuse gewandt, sagte er: »Es gibt Probleme. Ich ruf dich später an.«

Waldinger legte auf und rannte die Treppe im Kriminalamt nach unten. Wenn die Verkehrspolizei heute irgendwo Radarboxen aufgestellt hatte, könnte es ein teurer Tag werden.

»Papa, sie ist noch nicht aufgetaucht.« Kathrin hatte rote, leuchtende Flecken im Gesicht. »Ich habe in der Schule angerufen. Die Schule war um halb zwölf aus. Die Lehrerin hat ihr noch nachgeschaut, weil sie heute so traurig gewirkt hatte, aber sie sei Richtung Alpgasse gegangen, wie sonst auch immer.«

»Hast du sonst noch was gemacht?«

»Ja, was denn, ich bin schon froh, dass ich die Kleinen ins Bett gebracht habe, ich kann hier nicht weg, und wo soll ich sie suchen? Ich kenn sie nicht. Keine Ahnung, wer ihre Freundinnen sind oder ob sie eine Tante im Dorf hat oder was auch immer.«

»Stimmt. Entschuldige, Kathrin. Ich bin froh, dass du hier eingesprungen bist. Sonst wäre Sara jetzt bei Miriam im Kreißsaal und Verena allein auf dem Hof. Ich gehe Magdalenas Schulweg ab. Hältst du hier die Stellung und rufst mich an, wenn sich was Neues ergibt?«

Kathrin schaute sich beinahe ängstlich um. »Glaubst du, es liegt ein Fluch auf dem Hof? Ständig verschwindet hier wer. Mir ist hier gar nicht wohl.«

»Nein. Die Familie hat im Moment nur wenig Glück, aber das liegt nicht am Hof.«

»Sondern?«

Die Alpgasse führte vom Schulgebäude in südlicher Richtung durchs freie Feld. Früher war der Weg als Viehtreibeweg genutzt worden. Links und rechts wuchsen Gebüsch und Brennnesseln, und so war die Gasse schlecht einsehbar. Trotzdem klingelte Waldinger beim ersten Haus, in dessen Nähe Magdalena vorbeigekommen sein müsste.

»Ich habe die Schulglocke gehört, und gleich darauf ist ein Kind mit einer blauen Schultasche und langen Haaren vorbeigelaufen. Leider kenn ich die Schüler nicht mehr. Als meine Kinder noch zur Schule gingen, hatte ich alle gekannt.«

Waldinger bedankte sich und ging zügig weiter. Kurz bevor der Weg in die Straße einmündete, stand eine kleine Kapelle. Waldinger rüttelte an der verrosteten Türklinke. Abgeschlossen. Er steuerte um zwei Hasenställe herum auf das nächste Haus zu. Das Klingeln konnte er sich sparen, er hörte Kindergeschrei aus der Garage.

»Servus miteinander«, rief er.

Alle verstummten.

»Habt ihr die Magdalena gesehen? Die Erstklässlerin vom Kohlbachhof?«

Zwei Buben im Kindergartenalter steckten geheimnisvoll die Köpfe zusammen. Dann flüsterte der eine dem großen Bruder etwas ins Ohr. Der etwa Zehnjährige nickte. »Die ist grad eben mit der Agnes hier vorbeigelaufen.«

»Jetzt gerade? Mit der Agnes? Seid ihr euch sicher?«

Die Buben nickten ernsthaft. »Was ist mit der Magdalena? Kommt sie jetzt ins Heim?«, fragte ein mittelgroßer.

»Wer sagt denn so was?«

Er zuckte die Schultern. »Die Nachbarin hat gesagt, das Jugendamt schaut zu, dass die Kohlbachhof-Kinder ins Heim kommen. Die haben fast nichts zum Essen und keine neuen Kleider und keine Freunde und nichts.«

Jetzt traute sich auch der Kleinste, etwas zu sagen: »Und sie hat gesagt, der Papa von denen ist gar nicht verschwunden, der ist im Gefängnis, weil er den Wolf totgemacht hat.«

»Und sie wollen das den Leuten im Dorf nicht sagen, darum lügen sie und tun so, als wissen sie nicht, wo er ist«, erklärte der Größte.

Waldinger ging näher zu den Buben. »Die Kinder gehören zu ihrer Mama und nicht in ein Heim. Leider ist ihr Papa verschwunden, aber die Polizei sucht ihn und wird ihn finden, und so lange solltet ihr zu den Mädchen besonders nett sein. Stellt euch vor, ihr wacht am Morgen auf, und der Papa ist nicht mehr da. Da wärt ihr auch traurig und froh, wenn Freunde euch unterstützen und Mut machen. Stellt euch vor, jemand erzählt über euch solche Lügen.«

Die Buben schauten betreten zu Boden. Der Kleine fragte leise: »Dann ist der Wolf gar nicht tot?«

»Der Wolf ist tot, aber alle anderen Geschichten sind Lügen, und die machen der Kohlbachhof-Familie das Leben schwer. Sagt allen, dass die Kinder daheim bleiben und die Polizei ihren Papa sucht. Und seid nett zu den Mädchen, versprochen?«

Sie nickten, und einer sagte: »Die Magdi ist schon in Ordnung, aber die Verena erzählt auch immer Lügenmärchen im Kindi.«

»Ich wollte gerade auf dem Kohlbachhof anrufen«, erklärte Agnes, als sie Waldinger die Haustür öffnete, »aber zuerst musste ich mich um das Kind kümmern.«

Sie gingen in die Küche, und Agnes steckte den Kopf kurz ins Wohnzimmer, wo das Mädchen inmitten von bunten Kissen auf der Couch saß und eine Tasse festhielt. »Bleib ruhig noch sitzen, Magdalena, ich lese dir gleich weiter vor, aber erst mach ich Reinhold in der Küche einen Kaffee.«

Waldinger setzte sich, und Agnes schloss leise die Verbindungstür. »Ich mach mir Sorgen, das Mädel ist völlig durch den Wind.«

»Wo hast du sie denn gefunden?«

»Ich hab am Vormittag die Kapelle geputzt, und weil ich noch einen Blumenstrauß pflücken wollte, hab ich die Tür nicht abgesperrt. Und wie ich vorhin mit den Blumen hineinkam, saß der arme Tropf völlig verheult auf der Bank und stierte vor sich hin. Sie hat fast gar nicht auf mich reagiert. Die Kinder machen aber auch was mit. Wer kümmert sich denn um sie, wenn die Miriam ins Krankenhaus muss? Ich würd ihnen gern helfen, aber Traudl redet kaum mit uns, weil wir mit dem Hubertus gut auskommen. Noch heute beschuldigt sie ihn, er würde heimlich Grenzpfähle verrücken. Die streiten schon seit dreißig Jahren. Überhaupt wird sie immer wunderlicher. Aber jetzt geht es um die Kinder. Die können nichts dafür.«

»Danke«, sagte Waldinger, als Agnes ihm den Kaffee in die Hand drückte.

»Ich lass sie jetzt erst mal hier. Ich werde ihr vorlesen, und sie soll noch einen Kakao trinken und noch ein Stück Kuchen essen, ist ja ganz mager, die arme Kleine. Sagst du unten Bescheid? Ich bring sie gegen fünf heim, und dann biete ich der Miriam meine Hilfe an. Sie kann ja nicht alles allein schaffen und …«

»Agnes, die Miriam ist im Krankenhaus.«

»Was? Und das sagst du erst jetzt? Wer kümmert sich denn um die Mädchen? Traudl ist doch auf der Wallfahrt. Wie konnte sie nur? Einmal braucht Miriam sie dringend, und sie lässt sie allein.«

Waldinger gab Kathrin Bescheid und setzte sich dann ins Auto. Er telefonierte mit Meuse und erklärte ihm, warum er wortlos abgehauen war. Doch da er schon in Bizau war, wollte er erst noch beim alten Metzger vorbeifahren, bevor er sich wieder auf den Weg ins Büro machte. Meuse hatte einen weiteren Auftrag für ihn. »Ich habe mich nach dem Mittagessen durch die Casinos telefoniert und mit den Leitern im näheren Umfeld gesprochen. Bregenz, Lindau, Kleinwalsertal, St. Gallen und Bad Ragaz. Weiter weg kann er nicht gewesen sein. Mit der Melkerei ist er ja doch sehr eng gebunden. Ich kann mit Sicherheit sagen, dass er im vergangenen Jahr nur einmal ein Casino besucht hatte. Ende Dezember war er in Bregenz gewesen. Er hatte verloren. Fast sechstausend Euro.«

»Sechstausend? Wo hatte er die her?«

»Eben! Klär das doch bei seiner Bank noch ab.«

»Mach ich, danke, Meuse, bis später.«

Seit das Schaf auf der Schaufschod wieder aufgetaucht war, ging ihm die Geschichte durch den Kopf, dass Wolfi geglaubt hatte, ein Teil des Lammes hinge im Stacheldraht. Wie hatten die Mädchen gelacht, als Jerry das Schaf nach Abklärung mit dem Hirten in den Kofferraum seines Golfs gewuchtet hatte.

Er parkte vor dem alten Bauernhaus mit der angeschlossenen Metzgerei und schaute als Erstes in den Stall. Melchior besaß noch fünf Milchkühe und wenige Rinder. Da es keinen Nachfolger für den Hof gab, hatte er seit Jahren nichts mehr in den Betrieb investiert. Er verdiente sich ein wenig Taschengeld mit dem Schächten von Schafen für hier heimisch gewordene Türken. Die Einheimischen fuhren mit ihren Tieren lieber in die moderneren Schlachtereien talauswärts. Verwundert lupfte der Metzger seinen Hut, als Waldinger die untere Hälfte der Stalltür öffnete und eintrat.

»Bist schon parat zum Melken?«

Fast zahnlos lächelte er. »Nee, nee, ischt no z'früah.«

»Was machst du denn?«

»A klinn mioto, sa ginds me Milch.« Er lächelte verschwörerisch. Die kleine Handvoll Kraftfutter würde den Milchkübel auch nicht viel voller machen, dachte Waldinger.

»Melchior, hast du einen Kalender, wann du Schafe metzgest?«
Der Mann tippte an seine Stirn. »Alls im Kopf.«
»Was machst du mit den Schlachtabfällen?«
»Ordnungsgemäß entsorgo, warum?«
»Hast du eine Art Container?«
»Richtig, heanna, Richtung Ba usse.«
»Hinter der Metzgerei? Zieht das nicht die Füchse an?«
»Nee, nee, abor itz fraug halt, wasd weosso witt.«
Waldinger lachte und fragte direkt: »Ist es möglich, dass jemand Ende August bei dir ein Stück Lammfell mit frischem Fleisch dran aus dem Container genommen hat?«
»Ussom Container? Nee, der ist abgsperrt.«
»Oder war jemand bei dir in der Metzgerei? Hätte jemand die Möglichkeit gehabt, so was mitzunehmen?«
Er lupfte wieder seinen Hut und kratzte seine Glatze. »Der Kohlbachhöfler ischt nio bi meor gsin, fallsd uf dinas usse witt.«
»Wolfgang war nie in der Metzgerei?«
»Richtig!«

Die automatische Schiebetür zur Bankfiliale war geschlossen. Die örtliche Raiffeisenbank war nur vormittags für Schalterkunden geöffnet, doch Waldinger kannte den rostigen Kleinwagen des Beraters auf seinem Stammplatz. Er klopfte gegen die Fensterscheibe und wurde tatsächlich eingelassen.
»Servus, Seftone, darf ich kurz stören?«
»Dienstlich?«
Waldinger nickte und wurde in ein überfülltes Arbeitszimmer geführt.
»Es ist schon fast ein Jahr her, aber du bist für dein gutes Gedächtnis bekannt. Hat Wolfgang Thöni vom Kohlbachhof im vergangenen Dezember eine größere Summe Geld von seinem Konto abgehoben?«

»Da darf ich dir keine Auskunft geben.«

»Wir ermitteln in alle Richtungen. Ohne Hilfe steck ich fest. Von mir erfährt niemand was. Ich nehm‘s auch nicht ins Protokoll.« Waldinger wartete gespannt auf die Reaktion des Bankberaters.

Als er sein leichtes Nicken bemerkte, atmete Waldinger laut aus. Seftone biss sich kurz auf die Lippen und sagte dann: »Natürlich erinnere ich mich. Der Hallodri hat mir weisgemacht, dass er ein größeres Auto braucht und einen Holzspalter für den Traktor.«

Waldinger fuhr nach Bregenz. Heute war Wolfgangs fünftes Kind zur Welt gekommen. Der Vater sollte eigentlich mit einem riesigen Blumenstrauß in der Hand bei seiner Frau und dem Baby sein und dann mit Freunden die Nacht zum Tag machen, um den neuen Erdenbürger hochleben zu lassen. So war es nun einmal Brauch.

Irgendwann musste das neugeborene Kind erfahren, warum der Papa bei der Geburt nicht dabei war, warum es keine Blumen gab und kein Fest. Und es lag an Waldinger, das herauszufinden. Niemand konnte spurlos verschwinden. Er musste etwas übersehen haben, aber was nur?

Willi von der Spurensicherung saß bei Meuse im Büro, als Waldinger, ohne anzuklopfen, eintrat. »Habt ihr was für mich?«, fragte er ohne große Hoffnung.

»Der Wolf ist vermutlich schon seit mehreren Tagen tot, Wolfgang seit acht Tagen verschwunden«, sagte Meuse.

»Seit mehreren Tagen?«

Willi nickte. »Inoffiziell.«

»Verdammt, bin ich blind, oder was seh ich nicht? Der Wolf und das Lamm, meine Gedanken fahren Karussell mit den Viechern, und ich dreh mich nur noch im Kreis.«

Meuse rührte nachdenklich in seiner Kaffeetasse. »Ich war den ganzen Samstagnachmittag unterwegs. Die Liste mit den alten Freunden, die Wolfgangs Mutter uns gegeben hat, bin ich durchgegangen. Er hat bei allen Schulden. Aber, und das ist das Komische daran, keiner ist ihm böse. Die paar Franken könnten sie verschmerzen, wegen ein paar Stutz, wie sie zum Geld sagen, fange man doch keinen Streit an. Allgemeiner Tenor: Der Wölly sei ein super Kumpel. Man habe immer eine Hetz gehabt.«

Traudl war erleichtert, als sie mit ihrer Reisetasche in der Hand von der Bushaltestelle zum Kohlbachhof lief. Das lange Sitzen im Bus, das ungewohnte Essen und die Hotelmatratze waren nichts für sie. Sie brauchte einen Riebel und die gewohnte Arbeit im Freien. Die Gelenke schmerzten, und sie freute sich einfach darauf, dass daheim alles wieder seinen üblichen Gang nahm. Sie war zuversichtlich, dass die momentane Lage sich mit der Zeit und Gottes Hilfe zum Guten wenden würde. Die heilige Bernadette hatte ihr Zuversicht geschenkt.

Sie nahm die Tasche in die andere Hand, lief nur flach atmend an der Güllelagune vorbei und setzte sich auf die Bank vor dem Haus. So schön es gewesen war, sie war müde und froh, wieder daheim zu sein.

»Tante, Tante!« Es war Verena, die wild und voller Energie von der Maschinenhalle zu ihr hergerannt kam. Sie rutschte ganz eng neben Traudl und sagte: »Du bist wieder da. Hast du mir etwas mitgebracht?«

Traudl drückte sie kurz an sich. »Wie geht es euch? Wo sind Magdalena, Sara und deine Mama?«

»Magdi ist noch bei Agnes, und Sara ist mit Kathrin in der Maschinenhalle. Wir helfen Jerry. Er braucht den Schlüssel für das Schloss am Gatter. Er will heute noch mixen, und ich darf morgen mitfahren, wenn er die Felder pschüttet, und Mama ...«

»Warte, Verena. Langsam. Wer will die Gülle rausbringen?«

»Ja, der Jerry. Der ist zum Helfen gekommen. Du bist ja in

der Kirche gewesen, so lange macht er jetzt alles für uns, weil Jerry ist Papas bester Freund. Und die Kathrin ist seine Freundin und schaut auf die Sara und den Finn, aber der ist noch kleiner, den muss man tragen, und reden kann er auch noch fast nichts, aber zum Jerry sagt er Papa obwohl er gar nicht …«

Sie holte tief Luft, doch bevor sie weitererzählen konnte, sagte Traudl: »Wo ist die Mama?«

»Das hab ich schon gesagt. Die Kathrin schaut zur Sara, weil die Mama im Krankenhaus ist. Sie hat heute das Gögle bekommen, aber es hat noch keinen Namen, weil die Mama zuerst den Papa fragen will. Der ist noch nicht heimgekommen, und deshalb braucht der Jerry jetzt den Schlüssel, aber wir finden ihn nirgends, und das Lamm ist auch wieder da, wir müssen es nach Hinteregg zu den anderen bringen. Jerry sagt, Kühe und Schafe dürfen nie im selben Stall stehen. Dann können die Kühe Fieber bekommen, und jetzt ist das Lamm hinter dem Garten angebunden, aber es will nicht allein sein, und seine Mama ist doch noch in Hinteregg …«

»Wo kommt das Lamm denn plötzlich her?«

»Wir waren auf der Schaufschod, und das war das einzige Brillenschaf, und am Schluss ist es übrig geblieben, und wir haben es mitnehmen können, es hat sonst niemand gehört. Und auf dem Spielplatz da haben sie gesagt, unser Papi ist im Gefängnis und sie wollten Magdi einsperren, aber ich hab sie gefunden, und dann sind wir fortgerannt, weil die lügen, das stimmt gar nicht, dass Papi im Gefängnis ist, weil er ein Wolfsmörder ist …«

Traudl stand auf und schlurfte in die Küche. »Ich brauch einen Schnaps!«

Waldinger ging in Kochs Büro. Annette hatte ihm alle Unterlagen zum aktuellen Fall aus Kochs Arbeitszimmer zusammengesucht und in einem Ordner abgeheftet. Er setzte sich in Renates Stuhl und blätterte die Schriftstücke durch. Er suchte die

Notizen zum unehelichen Kind. Renate war nicht nach Kaufering gefahren, da der Fund des Wolfes am Freitag dazwischengekommen war. Endlich fand er die entsprechenden Blätter und schrieb die wichtigsten Punkte in sein Notizbuch. Gleich jetzt würde er die Mutter von Wolfis ältester Tochter anrufen. Viel zu lange hatte es gedauert, bis er auf diese Information gestoßen war. Es war höchste Zeit.

»Sandy«, meldete sich eine sympathische Stimme mit fragendem Unterton, und bereits in diesem einen Wort erkannte Waldinger den Schweizer Akzent.

»Grüß Gott, hier spricht Waldinger, Kripo Bregenz. Es geht um Wolfgang Thöni.«

»Oh Gott, mein Wolferl, was ist mit ihm?«

Mein Wolferl? Waldinger runzelte die Stirn. »Spreche ich mit Frau Sandra Büchele? Der Mutter von Florina Büchele?«

»Richtig. Man nennt mich Sandy. Was ist mit Wolf?«

»Er wird vermisst. Er ist seit einer Woche abgängig. Wann haben Sie ihn zuletzt gesehen?«

»Er wird vermisst? Aber er hat eine Familie, Kinder, einen Hof. Wo ist er denn?«

»Wir wissen es nicht. Seine Frau befürchtet einen Unfall, doch wir gehen allen Spuren nach. Auf dem Chrüzhof habe ich erfahren, dass er noch eine Tochter hat. Zahlt er die Alimente regelmäßig?«

»Müssen wir das am Telefon besprechen? Ich würde gerne weiterhelfen, aber bei mir ist er nicht.«

»Kann ich morgen vorbeikommen? Wann sind Sie denn zu Hause? Ich würde gerne auch mit Florina sprechen.«

»Dann lade ich Sie zum Mittagessen ein. Um halb eins in unsrer Wohnung. Dann sind wir alle daheim. Haben Sie die Adresse?«

Traudl hatte die schmutzige Wäsche ausgepackt. Zu mehr hatte ihre Energie nicht gereicht. Der verdammte Schnaps hatte sofort Wirkung gezeigt. Sie konnte ihre Finger kaum mehr bewegen. Sie setzte sich wieder auf die Bank neben der Haustür. Sie hatte sich den Empfang anders vorgestellt. Miriam im Krankenhaus, Magdalena bei Agnes, kein vernünftiger Mensch auf dem Hof, der ihr erzählte, was wirklich los war, und niemand, der sich für ihre Reise interessierte.

Als Erstes kam ein riesenhafter Kerl mit einer mit Maschinenöl verschmierten Arbeiterhose auf sie zu. »Oha, die Traudl ist wieder da. Die Mädchen werden sich freuen.« Er putzte seine Rechte an der Hose ab und gab ihr die Hand. »Servus, ich bin Jerry, ich such den Schlüssel, der Zutritt zur Lagune ist abgesperrt.«

»Für die Mistarbeiten haben wir immer zwei Kerle aus dem Dorf. Die machen das prompt und kostengünstig.«

»Ich kann das Fass umsonst ausleihen. Albert war mit mir im Poly in derselben Klasse, und ich mach es gern, kein Thema. Und die Lagune ist randvoll. Ich habe den Mist der letzten Tage auf einen Haufen daneben geschichtet, aber da ist schon eine Pfütze rundum. Der Haufen muss dort weg, bevor uns noch jemand anzeigt.«

»Das wird in Bizau nicht so genau genommen. Es gibt doch sicher sonst genug zu tun, wenn die Miriam nicht da ist. Und um diese Jahreszeit bringt es sowieso nichts. Der Boden braucht auch eine Ruhepause.«

»Es geht darum, dass die Lagune leer wird, dann kann man sie wieder füllen, und Miriam braucht das Geld. Also, wenn dir der Schlüssel irgendwo zwischen die Finger kommt, wär ich froh. Aber jetzt melke ich erst mal, und dann schau ich weiter.«

Aus dem Augenwinkel sah Traudl, dass Hubertus mit etwas Großem in der Hand auf dem Weg zum Hof war. Sie hielt Jerry am Ärmel fest. »Bitte setz dich kurz und sag mir, was los ist. Die Verena hat so viel so schnell erzählt …«

»Verena ist der Hammer. Aber gut, von Wolfi gibt es noch immer keine Spur, der vierfüßige Wolf ist tot, und Miriam hat heute ihr Baby gekriegt. Ich hab nur kurz mit ihr telefoniert. Ihr gehe es gut, aber irgendein Wert beim Baby sei zu hoch, und sie muss noch im Krankenhaus bleiben.«

»Ist es ein Bub?«

Jerry kratzte sich am Kinn. »Ich weiß nicht.« Er wollte aufstehen und wieder an die Arbeit gehen, doch Traudl klammerte sich an seinen Unterarm. »Da kommt der Hubertus. Was will der Marken-Versetzer hier? Der eingebildete Gockel?«

»Grüß Gott zusammen!« Der hochgewachsene Glatzkopf kam aufrecht und gelassen näher. In seiner Hand hielt er einen Geschenkkorb, wie sie der örtliche Lebensmittelhändler gerne zusammenstellte.

Jerry stand auf und nahm den Korb entgegen.

»Der ist vom Schützenverein. Wolfgang war ja nicht bei der Preisverteilung vom Kilbeschießen, und bevor die Sachen schlecht werden, dachte ich …«

»Vom Kilbeschießen?«, fragte Jerry nach.

»Verdammt guter Schütze. Er hat auf der Jubiläumsscheibe den besten Schuss gesetzt. Respekt. Hätte ich nicht erwartet, dass er so eine ruhige Hand hat.«

»Danke, ich stell den Korb in die Küche und schau, dass ich in den Stall komme.« Jerry verschwand im Inneren des Hauses, und Hubertus setzte sich neben Traudl.

»Ist die Pilgerin wieder daheim? Alles gebeichtet und vergeben?«

Sie hätte ihm eine Faust in sein Grinsen schlagen mögen. »Du wirst diesen Hof nicht kriegen!«

Dienstag, 15. September

Gleich in der Früh machte Waldinger sich auf den Weg nach Klaus. Die Sache mit dem verschwundenen Wolfskopf war ihm die ganze Nacht im Kopf herumgegeistert, und er hatte sich entschlossen, bei dem einzigen offiziellen Tierpräparator im Ländle nachzufragen. Ausgehend von Jerrys Elternhaus, war er auf die Idee gekommen, dass jemand diese Trophäe für sich haben wollte. Er hatte keine Ahnung, was für ein Mensch dieser Tierausschopper, wie man ihn in Vorarlberg nannte, war, und beschloss, unangemeldet dort aufzutauchen.

Es war kurz nach halb acht, als er die Werkstatt gefunden hatte und den Wagen abstellte.

Ein gemauerter Anbau mit Flachdach und einem großen Schaufenster war neben einem modernen Bungalow errichtet worden. Das Privathaus wirkte, als hätte jemand sein Geld großzügig in Architekten und Gärtner investiert. Die Arbeit machte ein Rasenmähroboter, der leise surrte. Die Werkstatt wirkte von außen klar und schlicht. Das riesige Fenster gab den Blick frei auf eine Fototapete mit herrlichem Gebirgspanorama, davor war ein echter Steinbock gerade im Absprung von einem Felsen festgehalten worden. Waldinger ging näher. Unglaublich. Das Tier wirkte echt. Hier musste ein Künstler am Werk sein.

Er klingelte an der Tür zur Werkstatt, und es dauerte nur wenige Sekunden, bis die Tür von innen geöffnet wurde. Waldinger war überrascht, er hatte sich einen bärtigen Alten vorgestellt. Die zierliche Frau war höchstens dreißig und zeigte eine Reihe wunderschöner Zähne.

»Guten Morgen? Wollen Sie zu mir? Kommen S‘ herein.«

»Guten Morgen. Waldinger mein Name. Präparieren Sie die Tiere? Der Steinbock ist ein Kunstwerk.«

Sie nickte und ging voran. In dem hellen Raum stand ein Tresen aus Edelstahl mit zwei Barhockern davor. Sie bat ihn, kurz Platz zu nehmen, und schob ihm verschiedene Prospekte und Kataloge hin. »Ich bin gleich wieder da.«

Waldinger blätterte durch eines der Hochglanzprospekte und bewunderte Gämsen, ein Wildschwein und einen Auerhahn.

Die junge Frau kam mit einem Block in der Hand zurück und stellte sich auf die andere Seite der Bar. »Um was geht es denn? Wir machen alles. Quasi vom Nashorn bis zum Kaninchen. Darf ich raten?«

»Wie war Ihr Name? Arbeiten Sie allein?«

»Entschuldigung, Ramona Summer mein Name und wir sind hier zu fünft.«

»Zu fünft? Ja, gibt es so viele Leute, die ein Tier ausstopfen lassen wollen?«

»Unser Job wird unterschätzt. Wir kümmern uns auch um Einreisegenehmigungen für Trophäen, füllen Formulare aus, veranstalten Jagdreisen in alle möglichen Länder …«

»Stopfen Sie auch Wölfe aus?« Waldinger beobachtete ihre Reaktion genau.

»Warum wollen Sie das wissen?« Ihre Wangen verfärbten sich leicht rosafarben, und sie drehte den Druckbleistift immer schneller in ihren Händen.

»War nur eine Frage. Darf ich mich ein wenig in der Werkstatt umsehen?«

Sie schüttelte vehement den Kopf. »Würden Sie mir jetzt erklären, um was es geht?«

»Es geht um den Wolf, der im Bregenzerwald illegal geschossen wurde. Er wurde kopflos verscharrt. Der Kopf wäre für jeden Sammler eine begehrte Trophäe. Sie sind die einzige Firma im Land, die so was macht.«

»Daher weht der Wind. Wir sind nicht die einzigen Tierpräparatoren. In jeder zweiten Gemeinde gibt es einen. Wir sind nur die einzigen offiziellen.«

»Niemand würde das Risiko eingehen und den Kopf einem Stümper anvertrauen. So einer geht zu den Profis, den Künstlern. Das Einzige, das ich wissen muss, ist der Name des Kunden.« Er zog seinen Ausweis hervor und hielt ihn Frau Summer vor die Nase.

»Hier gibt es keinen Wolf.« Sie schaute auf den Tresen und schob die Prospekte wieder in die richtige Ordnung, dabei vermied sie es, Waldinger direkt anzuschauen.

»Sind Sie sicher?«

Eine kaum wahrnehmbare Bewegung ihres Kopfes verneinte die Frage, obwohl sie deutlich sagte: »Ich bin mir sicher.«

»Sie haben sicher von dem toten Wolf in Schetteregg gehört. Was vermuten Sie, wo könnte der Kopf abgeblieben sein?«

Sie zuckte die Schultern und ordnete die Prospektstapel neu. »Von Raben gefressen?«

»Sie lügen. Und vermutlich ist der Wolf nicht das einzige Illegale, oder weshalb verbieten Sie mir den Zutritt zur Werkstatt?«

»Wir sind Künstler und mögen keine Schnüffler. Wenn Sie unsere Dienste nicht brauchen, möchte ich Sie bitten zu gehen. Ich habe zu tun.«

»Wenn ich ohne einen Namen durch diese Tür laufe, fahr ich direkt zum Staatsanwalt und komm mit den Kollegen zur Hausdurchsuchung. Ihnen ist wahrscheinlich nicht bewusst, um was es geht. Ein Leben steht auf dem Spiel. Das Leben eines dreißigjährigen Bauern, der gestern zum fünften Mal Vater geworden ist. Das Leben eines Menschen, dessen Frau am Rande eines Nervenzusammenbruchs steht und dessen Kinder seit zehn Tagen auf ihren Papi warten. Ihnen hingegen kann nichts passieren. Sie sagen mir den Namen, und ich bin nie hier gewesen. Es geht nicht um den Wolf, es geht um einen Vater, der schmerzlich vermisst wird.«

»Es tut mir leid, ich kann Ihnen leider nicht helfen.« Sie stand auf und ging zur Tür, die in die Werkstatt führte.

Waldinger kritzelte seine Handynummer auf eine der Hochglanzbroschüren. Darunter schrieb er in Großbuchstaben: »Wir vermissen unseren Papi! Florina, Magdalena, Verena, Sara und das zwei Tage alte Baby. Bitte um HILFE!«

Nach einem kurzen Zwischenstopp im Büro fuhr Waldinger durch den Pfändertunnel und über die Grenze nach Deutschland. In einer guten Stunde, so hoffte er, würde er in Kaufering sein. Einfach auf der Autobahn Richtung München halten und bei Landsberg am Lech abfahren. Das klang selbst für Waldinger, der sich außerhalb des Ländles nicht gut auskannte, machbar.

Und trotzdem war er stolz auf sich, als er kurz vor zwölf ein Schild mit der Aufschrift »Kaufering« passierte. Er folgte Sandys Erklärung und stand pünktlich vor der richtigen Bäckerei. Jetzt auf die Hinterseite des Hauses gehen und klingeln.

Es duftete nach frischem Brot, und Waldingers Magen knurrte, als die Tür geöffnet wurde. Der Mann hatte leuchtend orangefarbene Haare und im Gesicht fast mehr Sommersprossen als normale Haut. Er trug ein weißes Hemd mit roter Krawatte und drückte kräftig Waldingers Hand.

»Grüezi, ich bin Philipp. Sandy ist gleich parat. Komm mit hoch.«

Durch ein enges, sauberes Treppenhaus folgte er dem Typen in das Stockwerk über der Bäckerei. In den Geruch nach Brötchen mischte sich der Duft nach Mittagessen mit Käse. Aus der offenen Tür hörte Waldinger das Klappern des Geschirrs und eine maulende Teenagerstimme. »Kein Bock.«

»Florina, nimm dich zusammen.«

»Hej, ihr zwei, Besuch für euch.« Der Rothaarige ließ Waldinger den Vortritt, kam hinterher und schloss die Tür. Viel Stauraum in einem engen Zimmer und Stühle, bei denen er hoffte, dass sie sein Gewicht aushalten würden.

Sandy trug eine dampfende Schüssel voller Lasagne und ihre Tochter zwei Flaschen Wasser an den Esstisch. Waldinger stellte sich vor, und sie setzten sich. Die zwei glichen sich wie Schwestern. Lange, dunkle, glänzende Locken, dunkle Augen, Kusslippen, klein und zierlich mit ordentlicher Oberweite. Waldinger nickte anerkennend. Wolfgang und Sandy waren ein schneidiges Paar gewesen.

Während sie an der Fertiglasagne kauten, musterte Waldinger das Paar immer wieder möglichst unauffällig. Beide waren Schweizer und beide im selben Alter, aber das schienen die einzigen Gemeinsamkeiten zu sein.

»Was ist jetzt mit Wolf?«, fragte Sandy, nachdem sie ein paar heiße Bissen geschluckt hatte.

»Ja, wie gesagt, er ist verschwunden. Seit zehn Tagen mittlerweile. Wir gehen jeder Spur nach. Was hat euch denn von der Schweiz hierher verschlagen?«

»Die Arbeit. Wir arbeiten beide für Hilti. Und in Kaufering bekamen wir beide ein tolles Angebot.«

»Wann hast du Wolfgang kennengelernt?«

Das ungleiche Paar schaute sich an, und beide fingen an zu grinsen. »Im Kindergarten«, sagte Sandy. »Wir waren alle drei zusammen im Kindergarten und in der Schule.«

Sie lachten über Waldingers verblüfften Gesichtsausdruck, und Sandy erzählte weiter. »Wolf war der Beliebteste in unsrer Klasse. Ich war so stolz gewesen, damals mit dreizehn, dass er ausgerechnet mich zur Freundin haben wollte.«

»Mich hast du damals nicht mal angeschaut.«

»Es hat gedauert, bis ich mein Augenmerk auf die inneren Qualitäten eines Menschen richten konnte.« Sie zwinkerte ihm verliebt zu. Florina rollte mit den Augen. Ihr schien das Ganze mehr als peinlich zu sein.

»Kann ich jetzt gehen?« Sie legte die Gabel auf den Tisch.

»Moment noch, wann hast du deinen Vater zuletzt gesehen?«
»Vor zehn Tagen oder so, am Samstag.«
»Was? Am Samstag, bevor er verschwunden ist? Ja, zefix. Wann und wo? Und wieso weiß ich nichts davon?«
Fragend schaute sie zum Freund ihrer Mutter, der ihr die Antwort abnahm. »Wir haben zusammen mit einigen Bekannten eine Motorradtour gemacht. Da wir durch den Bregenzerwald gefahren sind, haben wir auf dem Hof vorbeigeschaut, aber Wolf war mit der Heuernte im Stress. Wir haben kaum fünf Minuten mit ihm gesprochen. Wir wollten am nächsten sonnigen Wochenende was ausmachen und zu ihm rüberdüsen, aber in diesem Fall …«
»Gab es Streit?«
Sandy lachte kläglich. »Wenn es nicht um Geld geht, kann man mit ihm nicht streiten. Und dass er kein Geld hat, damit hab ich mich schon seit Jahren abgefunden. Wieso hätte es Streit geben sollen? Wir verstehen uns nach wie vor bestens. Schließlich ist er ein alter Freund aus Kindergartenzeiten.«
»Und wieso bist du nicht mehr mit ihm zusammen?«
Florina stand auf und zog die Tür hinter sich ins Schloss.
»Wir haben uns zwei Jahre nach Florinas Geburt getrennt. Wolf war zu jung für eine ernsthafte Beziehung. Ich auch, aber mit einem Baby kann man über Nacht erwachsen werden.«
»Kennst du Miriam?«
»Nein, leider. Wir wohnen zu weit weg, und die Zeit ist auch oft knapp. Wenn wir uns auf den Weg machen, fahren wir meist in die Schweiz. Florina verbringt ihre Ferien am liebsten auf dem Chrüzhof. Wolfs Eltern sind ihre geliebten Grossis. Dort fühlt sie sich daheim. Ich find das schön.«
Waldinger entschuldigte sich, als sein Handy klingelte, und ging in den kleinen Flur. Die Stimme am Telefon hielt sich nicht mit Small Talk auf. »Der Wolfskopf. Ein Anton Zimmermann aus Bezau hat ihn zum Präparieren gebracht.«

Verena und Magdalena saßen beide nebeneinander im Traktor und beobachteten, wie Jerry den Schlauch des Güllefasses am Auslass des Güllebeckens befestigte und dann kritisch in den immer dunkler werdenden Himmel schaute.

»Papa hat immer gesagt, man muss fertig werden, bevor der Regen kommt, sonst zieht man mit dem schweren Fass Spuren in die Wiese«, erklärte Verena ihrer Schwester.

»Das weiß ich doch. Aber Jerry ist kein Bauer, wir müssen es ihm sagen«, meinte Magdalena.

Sie kletterten aus dem Traktor, hielten sich die Nasen zu und liefen zu Jerry. Der fluchte: »Ja, Kruzitürken, was ist denn jetzt schon wieder? Zefix noch mal, was ist in diesem Scheißloch alles drin, jetzt verstopft es mir schon wieder alles, Himmel, Heiland, so ein Glump.«

Schüchtern schaute Magdalena ihn an. So kannte sie ihn gar nicht. Er blickte auf und bemerkte die beiden Mädchen.

»Hey, ihr zwei. Es fängt gleich an zu regnen. Lauft besser ins Haus, bevor ihr nass werdet. Traudl wartet sicher auf euch. Und jetzt stinkt auch noch eure Kleidung. Sie wird keine Freude haben. Ab mit euch!«

Magdalena nickte, Verena trat einen Schritt näher. »Du musst aufhören. Wenn es regnet, macht das Fass Spuren in der Wiese.«

»Ihr auch noch. Die Alte jammert schon den ganzen Tag, dass ich aufhören soll, und jetzt, aber …« Jerry schaute auf seine Uhr. »Ihr habt recht. Es ist schon nach zwölf. Ich geh nach Hause unter die Dusche. Bei dem Gestank wird einem ja schwindlig. So eine Scheißarbeit. Und jetzt lauft rüber. Sagt Traudl, dass ich heimfahre. Bei dem Wetter macht heute Nachmittag die Arbeit im Freien keinen Sinn. Ich komme am Abend zum Melken wieder.«

Die ersten Regentropfen fielen vom Himmel, die Mädchen packten die Schultasche und den Kindergartenrucksack und rannten los.

Als Waldinger vor dem Landeskriminalamt in Bregenz seinen Wagen abstellte, stiegen aus einem Streifenwagen Kollege Schneider vom Gendarmerieposten in Bezau und der verdächtige Jagdaufseher und hasteten durch den strömenden Regen zum Haupteingang. Waldinger wusste nicht so recht, wie er den Vater seines fast Schwiegersohns in dieser Situation begrüßen sollte, und kramte ausgiebig im Handschuhfach. Fürs Erste ließ er ihnen einfach den Vortritt. Er musste erst ein paar Worte mit Meuse wechseln und gemeinsam die Gedanken sortieren. Wenn nur Kollegin Koch da wäre. Bei Vernehmungen ohne sie kam er sich vor, als würden ihm ein Ohr und ein Auge fehlen. Sie war die Fleißigste von allen, was Weiterbildung anbetraf, und ihr Bauchgefühl war inzwischen fast noch besser als ein Lügendetektor. Waldinger hatte sie gerne dabei. Gemeinsam waren sie noch jedem Lügner auf die Schliche gekommen.

Er klopfte an Meuses Bürotür und trat ein, ohne eine Aufforderung dazu abzuwarten. Meuse stand an die Wand gelehnt und schaute aus dem Fenster. »Der Regen tut gut. Man sieht gleich wieder viel klarer.«

»Hast du schon eine Strategie?«, fragte Waldinger.

»Du fragst, und ich schüchtere ihn ein.« Meuse lachte und ließ dabei seinen Bizeps spielen.

Der Jagdaufseher saß auf dem Holzstuhl im Verhörzimmer, und Annette war dabei, das Tonbandgerät aufnahmebereit zu machen. Als Waldinger das Zimmer betrat, sprang der Jagdaufseher auf und nahm seinen Hut vom Kopf.

»Gott sein Dank, endlich ein vernünftiges Gesicht. Reinhold, was ist hier los? Stell dir vor, der Schneider kommt bei mir vorgefahren, wie ich gerade meine Verdauungspfeife anzünde, und sagt, es ist wichtig, ich soll kurz einsteigen. Der ist einfach drauflosgefahren wie die Sau und viel zu schnell, ohne mir zu sagen, was los ist. Die ganze Strecke hat er die Musik aufgedreht und kein Wort gesagt. So kann man nicht mit unbescholtenen Bürgern umgehen. Der Schneider wird …«

Waldinger reichte dem Jagdaufseher die Hand. »Grüß dich. Jetzt siehst du, wo ich arbeite. Setz dich, und dann reden wir wie zwei Erwachsene. Du kennst doch den Schneider.«

Waldinger setzte sich, Meuse stellte sich schräg hinter ihn und bemühte sich, möglichst unfreundlich auszuschauen. Gezwungenermaßen nahm der Jagdaufseher auf dem Stuhl gegenüber Platz. Er drehte den Hut in den Händen und rutschte nervös hin und her.

Waldinger schaltete das Tonband ein, gab Uhrzeit und die Namen der Anwesenden ein und sagte betont sachlich: »Wir haben genau drei Fragen. Du gibst uns drei ehrliche Antworten, und der Schneider bringt dich wieder heim. Zum Kaffee bist du bei deiner Frau. Sie wird kaum merken, dass du weg warst.«

Der Jagdaufseher runzelte die Stirn, sagte aber nichts.

»Frage eins: Wo ist der Wolfsschädel?«

»Was für ein Wolfsschädel?«

»Über deiner Haustür ist kein Platz mehr. Du wirst ihn doch nicht im Keller verstecken, oder? Letzte Chance, sonst müssen wir dich hier für ein paar Nächte schmoren lassen. Wo ist der Wolfsschädel, oder möchtest du einen Anwalt?«

»Ich brauch keinen Anwalt, und ich lass mich nicht wie ein Verbrecher behandeln. Ich will wissen, warum ich hier bin und …«

»Du weißt, warum du hier bist. Und ich habe dich vorgewarnt. Die Zelle im Keller ist frei, aber ungemütlich. Rauchverbot, auch für Pfeifen.«

Meuse stand auf und hielt den Jagdaufseher an seinem rechten Ellbogen fest. »Mitkommen!«

»Nein!« Er schüttelte die Hand wieder ab. »Na gut, der Schädel …«

»Ja?«, fragte Waldinger.

»Ich wollte, ich musste, ich bin verantwortlich für das Gleichgewicht in unseren Wäldern. Ich musste ihn erschießen, er hätte alles durcheinandergebracht. Es ist vielleicht nicht ganz richtig gewesen, aber ich musste unsere Tiere und die Menschen hier schützen. Stellt euch vor …«

»Wo ist der Kopf?«

Er ließ die Luft geräuschvoll aus seiner Nase fließen. »Bei einem Tierpräparator, ich habe gesagt …«

»Das interessiert uns nicht. Frage eins ist beantwortet. Frage zwei: Wo ist das Lamm?«

»Welches Lamm?«

Meuse stand auf, und Anton antwortete zögernd: »Dem Lamm geht es gut, es ist wieder auf dem Hof. Ich wollte, dass der Verdacht auf Wolfgang fällt. Ich weiß, das war feig. Es tut mir leid, es war ein Fehler, ein Lausbubenstreich, aber deswegen sperrt man niemanden ein. Wieso wisst ihr …?

»Ich stelle die Fragen. Nummer drei!« Waldinger schaute ihm in die Augen, bis der Aufseher den Kopf abwandte.

»Frage drei: Wo ist der Bauer vom Kohlbachhof?«

Mittwoch, 16. September

Waldinger rieb sich die Augen, sein Kopf schmerzte, und stöhnend stellte er den Wecker aus. Besorgt beugte Helga sich zu ihm herüber. »Bist du krank?«

»Ich hab nicht gut geschlafen.«

»Wann bist du gestern heimgekommen, ich hab dich gar nicht mehr gehört?«

»Spät. Und die ganze Nacht hab ich vom Wolf geträumt und von ausgestopften Menschen, es war furchtbar.«

»Ausgestopfte Menschen? Da hast du wohl noch den Nachmittag bei Jerrys Eltern im Kopf gehabt.« Helga schüttelte den Kopf und stand schwungvoll auf. »Willst du zuerst unter die Dusche?«

Er schüttelte murrend den Kopf. Der Ärger kochte in ihm hoch. Dieser elende, sture Sack. Kein Wort hatte er gesagt, wo Wolfgang sein könnte. Alles abgestritten, wollte nichts damit zu tun haben. Alles hatten sie versucht. Schade, dass Foltern verboten war. Doch heute würde der Jagdaufseher gesprächiger sein. Eine Nacht im Keller des Kriminalamtes hatte schon härtere Hunde zum Winseln gebracht. Wenn nur sein Kopf klarer wäre.

Er verordnete sich selber eine Runde barfußlaufen.

Der Regen hatte aufgehört. Das Gras fühlte sich feucht und frisch an. Waldinger pflückte eine Zwetschge vom Baum und aß sie beim Weiterlaufen. Den Kern spuckte er an die Tür vom Hühnerstall. Sofort ging das Gegacker los, und er ließ sie heraus in den Garten. Bei der nächsten Runde blieb er beim Brunnen stehen, steckte erst die Arme und dann kurz den Kopf ins kalte Wasser. Er prustete und schüttelte sich, als er wieder auftauchte. Ihm war kalt, aber er fütterte erst die Hühner, bevor er ins Haus und unter die warme Dusche ging.

Jerry hatte sich angewöhnt, nach der Stallarbeit die Mädchen ins Dorf zu bringen. Es war einfacher, Verena im Kindergarten und Magdalena in der Schule abzugeben, als sich den Kopf zu zerbrechen, ob sie keine Dummheiten machten.

»Seid ihr fertig?«, rief er durch die offen stehende Haustür.

Beide liefen ihm schwungvoll entgegen, und er fing sie auf.

»Ich will vorne sitzen«, rief Verena.

»Du bist gestern, heute darf ich«, sagte Magdalena weinerlich. »Stimmt's, Jerry? Ich bin dran?«

Wie schnell bei den Kindern die Stimmung wechselte. Weinen und Lachen folgten in so einem Tempo aufeinander, dass er gar nicht mehr mitkam.

Er nickte. »Heute ist Magdalena dran.«

Traudl steckte den Kopf aus der Küchentür und rief: »Die Krankenkasse hat angerufen. Sie zahlen dir das, was die anderen Betriebshelfer auch bekommen. Du sollst dich melden wegen der Stundenanzahl, der Versicherungsnummer und so weiter. Ich hab dir die Nummer aufgeschrieben.«

»Danke.«

»Aber zu viele Stunden sollst nicht machen, nur die nötigste Arbeit tun. Die Gülle ist nicht so wichtig.«

Magdalena zupfte an seinem Ärmel. »Ich hab heute Turnen, und am Nachmittag geh ich zu Anna-Lenas Kindergeburtstag.«

Verena rief dazwischen: »Die ist so gemein, so eine doofe Kuh, ich will gar nicht zu dem blöden Geburtstag. Ich will mit dir Traktor fahren. Darf ich am Nachmittag wieder mitfahren?«

»Wann ist die Party?«

»Um halb drei und ich brauch noch ein Geschenk. Die Anna-Lena wünscht sich ein Pferd und Inlineskater, die wünsch ich mir auch, ich hab auch bald Geburtstag.«

Er seufzte und zog die Tür ins Schloss, während er murmelte: »Ein Geschenk für einen Kindergeburtstag!«

Waldinger war überraschend gelassen, als er im Landeskriminalamt eintraf. Helga hatte beim Frühstück die richtigen Worte ausgesprochen. »Vielleicht weiß er es wirklich nicht?«

Dieser eine Satz war ihm nicht mehr aus dem Kopf gegangen. Hatte der Jagdaufseher gar nichts mit dem Verschwinden von Wolfgang zu tun? Er wollte heute allein, sachlich und unvoreingenommen mit Anton reden, ohne eine vorgefasste Meinung im Hinterkopf.

In seiner Lieblingsbäckerei in Andelsbuch hatte er ein paar frische Brötchen geholt und, bewaffnet mit zwei Automatenkaffees, machte er sich auf den Weg ins Verhörzimmer.

Der Jagdaufseher saß auf dem Stuhl und wirkte auf Waldinger einen halben Kopf kleiner als gestern. Unrasiert und in zerknitterter Kleidung sah er nicht aus wie der Mann, der vor Hunderten Leuten auf dem Podium große Sprüche geklopft hatte. Er erschrak, als Waldinger, ohne anzuklopfen, eintrat.

»Guten Morgen, Anton. Hast auch nicht so gut geschlafen, oder? Ich hab deiner Frau Bescheid gegeben und gesagt, du hilfst uns bei den Ermittlungen. Alles sei streng geheim.«

»Ehrlich?«

»Ja, sie schien unbesorgt.«

»Rosalinde ist keine, die sich Sorgen macht.«

Waldinger stellte ihm den Kaffee auf den Tisch und reichte ihm den Papiersack mit den frischen Brötchen. »Greif zu, und dann bringen wir's hinter uns.«

Der Jagdaufseher trank einen Schluck. »Sind wir allein?«

Waldinger nickte.

»Oder sieht uns jemand über eine Kamera oder so?«

»Wir sind allein.«

»Ich weiß nicht, wo Wolfgang ist.«

»Das glaub ich dir. Fang vorne an.«

Anton lehnte sich zurück und fing zögerlich an zu erzählen. »Der Wolfgang ist seit Jahren mit unserem Gerold unterwegs. Auf dieser Podiumsdiskussion, ja, da hab ich ihn bewundert. Ein mutiger Kerl, der sich traut, seine Meinung auch öffentlich zu vertreten. Solche Burschen gibt es nicht mehr viele.«

Er nahm einen Bissen von einer Semmel und kaute gründlich. Als er endlich geräuschvoll geschluckt hatte, fuhr er fort: »Ich hab den Wolf nie angezweifelt. Alles passte auf meine Beobachtungen. Es wurde zu einer Sucht. Ich wollte ihn sehen, ihm folgen, ihn verstehen, ihn berühren. Keine Ahnung, woher dieser Drang kam. Ich hab schon die unterschiedlichsten Tiere gejagt. Ich war fasziniert, ich habe ihn mehrmals gesehen. Er war immer da. Für alle anderen unsichtbar. Es war mein Wolf.«

»Und wieso hast du ihn erschossen?«

»Ich hab ihn beobachtet. Er war dabei, über die Grenze in Richtung Deutschland abzuwandern. Das musste ich verhindern. Er durfte nicht weiter.«

»Dann hätte sich das Problem für uns von selbst gelöst.«

»Verstehst du nicht? Ich habe ihn wochenlang nicht aus den Augen gelassen. Das war mein Wolf. Die Deutschen hätten ihn erschossen. Die hätten gar keine Diskussion aufkommen lassen. Der Erste, der ihn gesehen hätte, hätte behauptet, er hätte ihn für einen wildernden Hund gehalten. Die haben doch sogar den Bären abgeknallt. Glaubst du im Ernst, die hätten den Wolf weiterziehen lassen?«

»Für den Wolf macht es keinen Unterschied mehr. Er ist tot. Was hatte Wolfgang damit zu tun?«

»Nichts.«

»Und das Lamm?«

»Ich hab es nach Schadona gebracht. Dort fiel es nicht auf, und es war in der riesigen Herde geschützt. Es war ein Spiel, aber ich wollte Wolfgang nie etwas Böses. Ich weiß beim besten Willen nicht, wo er stecken könnte, ich hab damit nichts zu tun. Ich hab mir die ganze Nacht den Kopf zerbrochen, aber ich kann dir in der Sache nicht helfen. Ich muss natürlich für den toten Wolf geradestehen, aber mit dem anderen hab ich nichts zu tun. Du musst mir glauben!«

»Erklär mir die Sache mit dem Lamm.«

»Ich wollte sehen, was er tut. Ob er nur große Worte tönt oder ob er sich tatsächlich auf die Jagd gemacht hätte. Es war ein Spiel, Reinhold. Ich hab bei einem Metzger in Dornbirn den Abfall mitgenommen und in den Stacheldraht gehängt. Ich wollte ihn provozieren, die Diskussion anheizen, den Wichtigtuern zeigen, dass der Wolf kein harmloses Schmusetier ist.«

Waldinger kaute nachdenklich auf seiner Unterlippe herum. »Und wieso ist es ausgerechnet dein Sohn, der sich so für Wolfgangs Familie einsetzt?«

Magdalena lachte. Da hatte Jerry sich was Tolles ausgedacht. Gleich nach dem Mittagessen hatte er gesagt: »Komm mit, ich zeig dir was.«

Sie gingen gemeinsam hinter die Werkstatt. »Ich habe heute Vormittag etwas gebaut. Für euch Mädchen.«

»Hast du nicht die Gülle rausgefahren?«

Verwundert hob Jerry den Kopf und schaute sie streng an. »Warst du das, hast du den Schlüssel vom Steyr ins Schloss gesteckt? Oder Verena? Wolltet ihr im Traktor Musik hören?«

»Warum?«

»Heute Morgen steckte der Schlüssel im Zündschloss, das Radio war an, aber auf lautlos gestellt.«

Magdalena blieb stehen, und die Tränen stiegen auf. »Ich hab nichts gemacht.«

»Nein, natürlich nicht. Weißt du, als es gestern anfing zu regnen, habe ich den Schlüssel in den Flur gehängt. Und heute Morgen wollte ich ihn wieder holen. Aber er war nicht da. Ich hab ihn überall gesucht, und dann hat er im Traktor gesteckt, und jetzt ist die Batterie leer. Irgendwer muss gestern Abend den Schlüssel ins Zündschloss gesteckt haben. Das ist doch komisch?« Magdalena nickte verwirrt.

Er flüsterte: »Egal, schau mal hier.«

Sie schaute um die Ecke und strahlte. »Ein Hasenstall.«

»Die alte Häsin vom Lorenz hat im Sommer Junge bekommen. Er schenkt sie dir, wenn du willst.«

Magdalena öffnete die Gittertür. Vorsichtig streichelte sie mit einem Finger ein kohlrabenschwarzes Häschen.

»Darf ich die alle haben? Eins, zwei, drei, vier, fünf, sechs.«

»Ich hab gedacht, eines ist für dich, eines für Verena, eines für Sara und eines für deinen kleinen Bruder.«

»Aber es sind sechs.«

»Du brauchst doch ein Geschenk. Möchtest du deiner Freundin zwei mitbringen?«

»Darf ich das?«

»Ihre Mama hat Ja gesagt, aber dann muss ich noch eine kleine Kiste bauen. Holz liegt ja genug rum. Hilfst du mir?«

Magdalena war selig. Ihr Herz klopfte vor Aufregung, und sie fühlte sich seltsam leicht, fast, als könnte sie fliegen.

Waldinger hatte den Jagdaufseher nach Hause geschickt und dachte über das Telefongespräch von eben nach. Koch hatte aus dem Krankenhaus in Dornbirn angerufen. Sie war heute auf die Säuglingsstation gehumpelt und entsetzt gewesen, in welchem Zustand sie Miriam angetroffen hatte.

»Sie ist daheim nie zur Ruhe gekommen, sie hat funktioniert und gearbeitet und sich um die Kinder gekümmert, aber jetzt erst wird ihr die Tragweite dieser Geschichte bewusst. Dass ihr Mann vielleicht nie wieder heimkommt, dass sie eine alleinerziehende Mutter mit vier Kindern und sehr wenig Unterstützung sein könnte, dass ihr Mann vielleicht tatsächlich die Schnauze voll hatte und untergetaucht ist. Körperlich und nervlich ist sie fix und fertig. Sie darf das Baby nicht stillen, weil sie mit Medikamenten vollgepumpt und in psychologischer Behandlung ist. Viel zu lange musste sie sich stark zeigen, und sie hat nie gelernt, um Hilfe zu bitten. Ich mach mir solche Sorgen um sie, ich hätte sie fast nicht erkannt. Jetzt, wo der Bauch fehlt, ist nichts an ihr dran. Mit Miriam dürft ihr in Bizau in den nächsten Tagen nicht rechnen. Sie braucht professionelle Unterstützung, und auch die Kinder daheim müssen psychologisch betreut werden. Wenn du willst, kümmere ich mich darum. Telefonieren kann ich auch mit einem kaputten Bein.«

Als Meuse auf einem Stuhl Platz genommen hat, gab Waldinger ihm eine Zusammenfassung des heutigen Gesprächs mit dem Jagdaufseher und der Nachricht von Koch. Die Luft war raus. Waldinger wusste nicht, wo er weitersuchen sollte. Geknickt übergab er das Wort an Meuse.

»Mach mir einen plausiblen Vorschlag, wo wir weiter ansetzen könnten.«

»Erzähl du mir erst von dieser Exfreundin mit ihrer Teenagertochter. Wir hatten noch gar keine Zeit, uns darüber zu unterhalten«, sagte Meuse.

»Stimmt. Das war komisch. Ich hab ja selbst eine Tochter, die siebzehnjährig geschwängert und sitzen gelassen wurde. Ich habe mir das Verhältnis zu Wolfgang weniger entspannt vorgestellt. Aber bei denen scheint alles locker flockig zu funktionieren. Der Stiefvater von Florina ist ein alter Schulfreund von ihrem Vater Wolfgang und noch immer ein guter Kumpel, genau wie die Mutter. Keiner verlor ein schlechtes Wort über Wolfgang und die ausbleibenden Zahlungen. Florina war mit ihrem Stiefvater auf Motorradtour und besuchte Wolfgang unangemeldet auf dem Hof. Der hatte keine Zeit für sie, und die findet das in Ordnung. Irgendwie ist alles zu friedlich. Aber sie wirkten echt. Nichts Gekünsteltes, Inszeniertes, kein Theater. Ich glaub, die sind wirklich so unkompliziert. Beneidenswert.«

»Streichen?«, fragte Meuse.

Waldinger bewegte den Kopf nachdenklich von links nach rechts und wieder zurück. »Fragezeichen.«

Der Stift quietschte übers Papier. Meuse trat einen Schritt zurück. »Ich weiß nicht, ob es an der Schweizer Mentalität liegt oder an den Menschen, die mit Wolfgang Umgang hatten. Aber das ‚beneidenswert unkompliziert' gilt auch für seine übrigen Freunde, oder? Das gibt es doch nicht? Irgendjemand muss den Typen doch nicht ausstehen können. Diesen jemand müssen wir finden, der uns ehrlich erzählt, warum der Wolfgang auch ein Arschloch sein konnte.«

»Die alten Freunde können wir abhaken?«

Meuse nickte. Das Geräusch des Stiftes verursachte bei Waldinger Gänsehaut.

»Selbstmord?«, fragte Meuse mit Blick auf das Flipchart.

Waldinger schüttelte den Kopf. »Dann wäre ausgerechnet Wolfgang der einzig Unechte zwischen diesen sympathischen Leuten. Ich kann es mir einfach nicht vorstellen. Wenn ich an ihn zurückdenke, kommt mir immer das Bild, wie er in diesem überfüllten Clubheim mit der Ziehharmonika auf der Bar gestanden hat und bis zum frühen Morgen alle bestens unterhalten hat. Er müsste ein grandioser Schauspieler sein …«

Meuse drückte beim Durchstreichen noch fester drauf.

»Mord?«

Mit der selbst gebauten Hasenkiste in der Schubkarre machte Magdalena sich auf den Weg zu Anna-Lenas Kindergeburtstag. Bei der Güllelagune blieb sie stehen und winkte Verena zu, die in dem laufenden Traktor saß. Jerry fluchte vor sich hin, zerrte und zog an irgendwas, das den Schlauch verstopfte, und kippte plötzlich zurück. Er hielt sich erst eine Hand vor den Mund und beugte sich dann zur Seite, wo er ins Gras kotzte. Magdalena würgte es beim bloßen Hinsehen, sie schnappte die Schubkarre und marschierte los. Sie durfte nicht zu lange hier stehen bleiben, sonst würde ihr auch schlecht werden, und sowieso würden die anderen wieder sagen, dass sie stinke. Sie lief, so schnell es mit der Schubkarre möglich war.

Als sie an Feursteins Haus vorbeikam, winkte Agnes ihr aus dem Garten zu. »Servus, Magdalena. Was hast du da in der Schubkarre?«

»Willst du einmal schauen?«, fragte Magdalena und fuhr ganz nah an den Holzzaun.

»Mein Gott. Zwei Häsle, sind die aber lieb! Fährst du mit ihnen spazieren?«

»Nein, die schenk ich der Anna-Lena zum Geburtstag.«

»Ei, da wird sie sich freuen. Hat sie dich eingeladen?«

Magdalena nickte stolz.

»Das ist gut. Dann ist sie jetzt wieder deine Freundin?«

»Ja, meine beste Freundin.«

»Und Traudl? Ist sie wieder da?«

»Ja, sie hat uns Schokolade mitgebracht und Weihwasser, damit beschützt sie uns alle.«

Agnes lächelte.

»Das ist gut. Und wenn ihr sonst noch Hilfe braucht, dann sag es mir. Anna-Lena ist deine beste Freundin. Darf ich deine zweitbeste Freundin sein?«

Magdalena nickte und schob die Schubkarre weiter.

Waldinger raste über die Bregenzerwaldstraße. Es hatte wieder angefangen zu regnen. Der Scheibenwischer schmierte. Er musste ihn austauschen, aber jetzt blieb keine Zeit. Er musste so schnell wie möglich auf den Kohlbachhof.

Auf der Zufahrtsstraße zum Hof stand ein Dienstwagen der Gendarmerie quer in der Straße und blockierte die Einfahrt. Schneider saß am Steuer und ließ das Fenster aufgleiten, als Waldinger ausstieg.

»Ich hab gedacht, ich schau mal, dass niemand unbefugt da rübergeht.«

»Wieso weißt du …?«

»Ein Gerold Zimmermann hat mich angerufen. Ich hab ihm dann deine Nummer …«

»Das ist ja gut und recht, aber jetzt fahr endlich zur Seite und lass mich durch, zefix noch mal.«

»Äh, natürlich.«

Der Wagen startete, Waldinger stieg wieder ein und fuhr zum Hof. Jerry saß im Regen und wirkte wie ein kleiner Schuljunge. Waldinger parkte und setzte sich wortlos neben ihn auf die nasse Holzbank.

»Was machen wir jetzt?«, fragte Jerry leise.

»Was genau hast du denn gesehen?«

»Das Rohr war verstopft. Ich wollte mit einer Drahtschlinge die Stopfung lösen und dann ...« Jerry schluckte laut. »Er war mein Kumpel, mein bester Freund.«

»Wolfgang?«

Jerry wischte mit seinen großen Händen die Tränen fort.

»Ich muss Traudl und die Kinder fortbringen. Danach bring ich dich zu Kathrin«, sagte Waldinger. »Setz dich so lange in dein Auto. Dort ist es trocken. Ich muss die Spusi anrufen und Agnes und Koch, jemand muss Miriam die Nachricht beibringen.«

Jerry nickte wie ferngesteuert, schlug die Hände vors Gesicht und schrie: »Verdammte Scheiße. Der Wolf in der Güllelagune.«

Nachdem Waldinger die Telefongespräche beendet hatte, klingelte er an der Haustür und öffnete sie. »Traudl!«

Er ging in die Küche, klopfte noch einmal kurz an die Tür und sah Verena, die mit Traudl Karten spielte. Sara saß auf dem Boden und schob einen Bagger durch die Legosteine.

»Kommt, ihr drei. Setzt euch in meinen Wagen. Wo ist Magdalena?«

»Warum? Was ist los?«

»Steigt ein, ich erklär euch alles. Wo ist Magdalena?«

Verena zog eine Grimasse. »Auf dem Kindergeburtstag von der doofen Anna-Lena.«

Waldinger bugsierte alle drei auf den Rücksitz, warf die Tür zu und fuhr los.

»Wann kommt Magdalena heim?«

»Was macht das Polizeiauto vor unserer Einfahrt?«, wollte Traudl wissen.

»Wir gehen zur Agnes. Wir müssen hier fort. Jerry hat beim Gülletanken einen Schuh gefunden.«

Er drehte sich kurz um, damit Traudl nicht nachbohrte. Sie schaute ihn entsetzt an. Er legte einen Finger über die Lippen und konzentrierte sich wieder aufs Autofahren.

»Was machen wir bei der langweiligen Agnes?«, fragte Verena.

»Sie hat euch eingeladen.«

»Hat er meinen Turnschuh gefunden? War er rosa? Den suche ich schon lange.«

Waldinger schüttelte den Kopf. »Nein, er war nicht rosa, und schaut, die Agnes wartet schon auf euch.«

Es war nicht weit. Agnes stand unter dem Vordach vor der Haustür und winkte.

»Vielen Dank!«, sagte Waldinger aus tiefstem Herzen. Er nahm Agnes zur Seite und flüsterte: »Halt sie vom Hof fern, bis ich komme. Du bist momentan ständig meine Rettung. Hast was gut bei mir!«

Dann ließ er die Frauen und Mädchen allein. Bevor er einstieg, drehte er sich noch einmal um. »Und vergesst nicht, Magdalena abzufangen.«

Waldinger fuhr zurück zum Hof und parkte neben Schneider. Er stieg aus und setzte sich auf den Beifahrersitz von Schneiders Dienstwagen.

»Mir graust es allein bei dem Gedanken«, sagte Schneider. »Stell dir vor, die tauchen in dieser stinkenden Gülle rum und versuchen, die Leiche aus dem verstopften Rohr zu ziehen. Da bin ich direkt froh, dass mein Einsatzgebiet vorwiegend der Schreibtisch ist. Damals hatte ich auch gleich den richtigen Riecher, als ich dich mit der Vermisstensache betraut hatte. Sonst würde man mir jetzt vermutlich noch nachsagen, ich hätte nicht gründlich genug gesucht. Weißt eh, die Leute. Denen fällt immer was ein, und einen Schuldigen haben sie gleich.«

»Red keinen Schmarren«, knurrte Waldinger. »Jeder hat in diesem Fall sein Bestes gegeben. Es gibt keinen Schuldigen.«

»Hast recht. Konnte ja niemand wissen, dass der genug hatte von seinen Weibern und im Suff in diese grausige Brühe gesprungen ist.«

Waldinger öffnete die Tür und sprang aus dem Auto. »So ein Vollidiot, so ein Trottel, nein, kein Wort red ich mehr mit dem. Sein Geschwafel bringt mich noch zum Kotzen. So ein Lappe. Nein, wie kann der mich aufregen!« Zornig stapfte er ein paar Meter nach vorne, blieb stehen und überlegte, was zu tun sei.

Den Tauchern wollte er auch nicht helfen, und der Spurensicherung standen schon genug Leute im Weg. Er würde ein paar Schritte laufen. Allein.

Zügig ging er über die abgemähten Wiesen in Richtung Waldrand hinaus. Die ganze Sache hinter sich lassen, durchatmen. Was sollte er der Presse mitteilen? Was den Nachbarn und, vor allem, was sollte er der Familie von Wolfgang sagen? In seinem Kopf rotierte es. Wo sollte er anfangen?

Er zog die Schuhe aus und ging durch den matschigen Uferrand zu dem kleinen Bachlauf der Ulve hinunter. Er krempelte die Hosenbeine hoch und stellte sich in das kühle Nass. Für einen Moment schloss er die Augen und hörte auf das Geschimpfe einer Amsel, die auf einem Stein in der Nähe saß und lieber ungestört geblieben wäre.

»Halt den Schnabel!«, brummte er. »Ich muss in Ruhe nachdenken.«

Die Amsel ließ sich nicht stören. Das Geschrei nervte ihn, und mit einer groben Handbewegung verscheuchte er sie. Beleidigt erhob die Amsel sich in die Luft. Was war nur los mit ihm? Wann hatte der Gesang eines Vogels ihn jemals gestört? Er musste runterfahren. Einatmen, Schultern senken, Fäuste lockern, ausatmen. Wieso war er nur derart angespannt? Der verdammte Schneider. Selbst in dieser Situation suchte er nach einem Schuldigen. Schneider hatte natürlich alles richtig gemacht. Ihm wollte er Fehler unterstellen. So ein Trottel. Wenn der nicht still war, konnte er sich selber aus der Gülle fischen.

Waldinger tunkte die Hände in den kalten Bach und trank einen Schluck aus seiner Hand.

Er war nicht schuld. Und jetzt würde sich zeigen, dass er ein guter Polizist war. Er würde herausfinden, was am Kilbesonntag passiert war.

Er straffte den Rücken und schaute den dunklen Wolken zu, die am Himmel Richtung Osten zogen.

Wie war Wolfgang in der Güllelagune gelandet? War es überhaupt möglich, das noch herauszufinden? Alles war mit Bauzaungittern eingezäunt, die miteinander verdrahtet waren. Darüber war Stacheldraht angebracht. Kein Mensch würde freiwillig darüberklettern.

An einer Seite ließ sich der Zaun öffnen. Ein Sicherheitsschloss sicherte diesen Eingang. Das Tor war verschlossen gewesen, als sie sich auf die Suche nach Wolfgang gemacht hatten. Wäre Wolfgang hineingegangen, um in die Lagune zu pissen, hätte er wohl kaum das Tor hinter sich geschlossen und mit dem Schlüssel verriegelt. Aber im Grunde schien es die plausibelste Lösung. Er kam vom Clubheim heim und wollte sich erleichtern, dabei ist er in seinem Rausch umgekippt, hineingefallen, untergegangen. Nein, er war ja noch im Stall gewesen. Dann würde er dort in den Graben gepisst haben. Nichts passte zusammen, zefix.

Hätte er das Schloss auf Fingerabdrücke untersuchen lassen müssen? Hatte Schneider recht? Hatte er nicht sauber genug gearbeitet und war mitschuldig an der ganzen Misere?

Er stieg mit eiskalten Füßen aus dem Wasser und setzte sich, um sich Socken und Schuhe wieder anzuziehen. Sein Handy klingelte.

»Ich habe Miriam gesagt, was zu sagen war.«

Waldinger schaute entsetzt auf sein Telefon. »Renate, was hast du ihr erzählt?«

»Die Wahrheit. Ich habe vorher mit einem Arzt gesprochen. Er hat ihr Beruhigungsmittel gegeben, und jetzt sind ein Priester und eine Psychologin bei ihr.«

»Es ist entsetzlich.«

»Ja, aber Lügen und Beschönigungen hätten auch keinen Sinn gemacht. Es war auch für mich nicht einfach, Reinhold!«

»Ich weiß. Und ich bin dir dankbar dafür, aber …«

»Sie wird hier von Ärzten versorgt. Sie ist in guten Händen. Daheim wär es noch schwieriger gewesen. Und wir können nichts dafür, verstehst du? Wir sind nur die Überbringer der schlechten Nachricht.«

»Wie geht es dem Buben? Wie heißt er eigentlich?«, fragte Waldinger.

»Der Bub hat immer noch keinen Namen, und du gehst jetzt und findest den Mörder seines Vaters. Das bist du dem kleinen Kerl schuldig.«

Donnerstag, 17. September

Die Klingel schellte laut und aufdringlich durch die morgendliche Stille. Traudl seufzte. »Die Tür ist offen, wieso klingelt Jerry heute? Magdalena, mach ihm bitte auf.«

Magdalena tappte barfuß und in ihrem zerknitterten Nachthemd zur Haustür und öffnete.

»Hallo, wer bist denn du?«, fragte eine fremde Stimme.

Magdalena schaute auf den Boden. Der Mann trug schwarze, glänzende Schuhe und dunkelgraue Hosen.

»Keine Angst, ich heiße Helmut und möchte gern ein Foto von eurem schönen Bauernhof machen. Wohnst du hier? Habt ihr auch Tiere? Kannst du mir die zeigen? Ich bin Fotograf, und die Zeitung braucht Bilder. Fotos von eurem Hof.«

Magdalena blieb weiter stumm.

»Ist denn jemand von den Erwachsenen da? Oder darf ich kurz reinkommen?«

Magdalena zögerte.

»Ich möchte einen Bericht schreiben. Dazu muss ich mich ein wenig umsehen, damit dann alles stimmt, was in der Zeitung …«

»Was ist hier los?«

Die laute Stimme gehörte Jerry.

Der Mann drehte sich um, und Magdalena atmete erleichtert aus. Schnell schloss sie die Tür und ging zurück in die Küche. Gemeinsam mit Verena schaute sie aus dem Fenster.

Jerrys Kopf war rot, und es sah aus, als ob der Mann vor Jerry Angst hätte. Seine Stimme klang laut und ärgerlich, aber verstehen konnten sie seine Worte nicht. Sie beobachteten, wie der Fremde in ein glänzendes Auto stieg und Jerry ihm hinterherfuchtelte. Das glänzende Auto musste auf der schmalen Zufahrt ausweichen, denn dort kam schon das Nächste. Dieses war schwarz, und vier Erwachsene saßen drinnen.

In Magdalenas Bauch grummelte etwas. Sie wollte nicht, dass diese Leute zu ihr ins Haus kamen. Sie wollte in die Schule, zu ihren Freundinnen und zur Lehrerin. Das schwarze Auto parkte vor dem Gartenzaun. Ein Rabe schrie und flog aus dem Apfelbaum davon.

Magdalena hatte sich in der schützenden Höhle zwischen Stubenbank und Couch versteckt. Die Wolldecke hatte sie bis zum Boden gezogen. Hier war sie unsichtbar. Die vielen Menschen im Haus konnten sie nicht sehen. Das glänzende Auto hatte vier Frauen ausgespuckt. Sie waren sie nicht mehr losgeworden. Traudl hatte die Tür nicht öffnen wollen, aber sie kamen trotzdem ins Haus. Sie verdrängten den vertrauten Küchengeruch und füllten die Räume mit Parfum und vielen Fragen. So viele Worte, Sätze, Eindrücke, es war zu viel.

Sie drückte die Hände auf die Ohren, doch die Stimmen waren zu laut. Fragen von all den Fremden in ihrem Haus, Stimmen von Traudl und Verena, Sara, die weinte, wie immer, wenn sie sich nicht auskannte. Aber die lautesten Stimmen waren die in ihrem Kopf. Da half es auch nichts, wenn sie die Hände auf die Ohren drückte. Sie waren so laut und hörten einfach nicht auf. Sie hörten nicht auf, zu streiten, hämmern, klopfen, kreischen und ihre Träume zu zerstören. Wie Seifenblasen zerplatzen sie. Ihre Träume, die großen und die kleinen, die bunten und die durchsichtigen. Die Stimmen zerschlugen alle. Alle. Auch die letzten.

Papa. Papa kam nie mehr heim. Er ist im Himmel, hat jemand gesagt. Aber das stimmt nicht. Magdalena ist nicht dumm. Sie hat auch andere Gespräche gehört. Leisere. Papa ist nicht im Himmel. Er ist in der Gülle ertrunken. Er wird nicht in den

Himmel kommen. Niemals. Der Mann am Eingang wird sagen: »Du nicht. Du stinkst.«

Traudl kam sich vor wie in Trance. Sie wiegte Sara in ihren Armen wie ein kleines Baby, sagte »Sch, sch, sch« und sang »Schlaf, Kindlein, schlaf« und erlaubte ihrem Kopf nicht, anderen Gedanken nachzugehen als eben diesem monotonen Sch, sch, sch. Wenn die Gedanken trotzdem auf sie einstürzten, fing sie leise an zu beten. Ein Vaterunser nach dem anderen. Immer wieder von vorn. Dazwischen das Wiegenlied und Sch, sch, sch. Sie wusste nicht, wie lange sie so dagesessen hatte. Saras Körper wurde schwerer und schwerer. Die Kleine schlief, und Traudl betete. Sie wollte nicht denken. Vater unser. Sie beobachtete die fremden Leute in ihrem Haus. Als Team hatten sie sich vorgestellt, als Kriseninterventionsteam. Helfer in der Krise, aber das war keine Krise. Das war das Ende. Das Ende des Kohlbachhofs und somit auch ihr eigenes Ende. Vater unser, der du bist im Himmel. Wo war eigentlich Magdalena? Nicht, dass das Mädel schon wieder abhaute. Magdalena lief vor Schwierigkeiten davon. Von wem hatte sie das nur? Sie wiegte Sara, sang noch einmal ein leises Lied für sie. Wie anders war Verena. Sie saß im Garten auf der Schaukel und schrie.

»Ist nicht wahr. Ist nicht wahr. Ist nicht wahr. Man darf nicht lügen. Ist nicht wahr!«

Eine der Frauen vom Kriseninterventionsteam saß auf der Bank und schaute Verena zu. Schaute zu, wie das kleine Mädchen sie alle als Lügner beschimpfte. Selbst die Faustschläge hatte sie sich gefallen lassen. Und Verena konnte zuschlagen. Die hatte Kraft. Wo das nur hinführen würde? Vater unser. Vater unser.

Eine jüngere Frau versuchte, Traudl anzureden, doch sie schüttelte energisch den Kopf und wies mit dem Kinn auf Sara in ihren Armen. Sie wollte nicht reden. Sie würde nicht reden. Es würde nichts nützen. Vater unser im Himmel. Dieser neumodische Quatsch. Alles bereden. Früher hatte man auch nichts beredet. Es gab Dinge, die musste niemand sehen und wissen, die gehörten einfach unter den Teppich.

»Schlaf, Sara, schlaf.«

Waldinger und Meuse befragten noch einmal die Nachbarn. Letztes Mal waren sie von einem Vermisstenfall ausgegangen. Heute stand vermutlich ein Mord zur Debatte. Das änderte nicht nur die Sachlage, sondern auch die Fragen.

Agnes bat die beiden in ihr Wohnzimmer.

»Danke noch mal für deine Hilfe gestern«, sagte Waldinger.

»Wenn ich nur mehr für die Familie tun könnte. Wir sind gestern Abend über die Wiese zum Hof gelaufen und durch Traudls Tür ins Haus gegangen. Ich hab die Mädchen ins Bett gebracht. Im Haus war alles ruhig, aber als die Kinder schliefen, hab ich noch zusammen mit Traudl vorne zum Fenster rausgeschaut. Gespenstisch, sag ich dir. Im Scheinwerferlicht sind Leute in Schutzanzügen ganz ruhig um die Lagune gestanden. Grauslig. Es friert mich, wenn ich nur daran zurückdenke.«

Waldinger legte ihr eine Hand auf den Unterarm. »Wie hat Traudl auf dich gewirkt?«

»Sie hat nicht damit gerechnet, dass Wolfgang zurückkommt, glaub ich. Aber sie war sehr schlecht beieinander. Sie wollte uns einen Schnaps einschenken, aber sie konnte die Flasche nicht ruhig halten. Und dann hat sie den Rosenkranz um die Finger geschlungen und mich vergessen.«

»Wann hast du Wolfgang zuletzt gesehen?«

»Am Samstagnachmittag, er hat das Heu auf den Hof gefahren. Alles wirkte völlig normal«, versicherte sie.

»Wie gut kennst du die Familie?«

»Miriam ist keine, die mit den Kindern spazieren geht und am Gartenzaun ein Schwätzchen hält. Dafür hat sie natürlich keine Zeit. Aber die Mädchen machen einen gut erzogenen Eindruck, vor allem Magdalena.«

»Was glaubst du, was mit Wolfgang passiert ist?«

»Ich habe keine Ahnung. Es muss ein Unfall gewesen sein. Der springt doch nicht freiwillig in dieses Loch. Niemals.«

»Kein Selbstmord?«

Sie schüttelte heftig den Kopf.

Bei der nächsten Frage schaute Waldinger genau hin. Nach einer Minute Schweigen fragte er: »Mord?«

Sie schüttelte entsetzt den Kopf. »Ja, wie denn, wer denn? Wer weiß denn, dass der irgendwann morgens um sechs dort unterwegs ist? Und wie hätt er ihn über den Zaun gebracht? Der wog doch sicher achtzig, neunzig Kilo. Nein, und warum auch?«

»Weil das ganze Dorf stinkt?«

»Jetzt hör auf. Darüber schimpft man, wenn man gesellig zusammensitzt, aber deswegen bringt man niemanden um. Jetzt, also nein, so gut kennst du die Leute doch selber.«

»Wegen dem Wolf?«

»Am Kilbesonntag wusste noch niemand, dass der erschossen wurde, oder?«

Waldinger zuckte mit den Schultern. »Wann erreich ich deinen Mann und deine Tochter am besten?«

»Patrizia?« Agnes wurde blass.

Waldinger und Meuse traten auf die Straße. Es klingelte laut, Waldinger machte einen Satz rückwärts. Kopfschüttelnd schaute er dem Radler hinterher, und plötzlich kam ihm eine Erkenntnis, auf die er so lange gehofft hatte. Irgendetwas war ihm entgangen. Ein gehörter Satz entglitten, etwas Wichtiges an ihm vorbeigerauscht.

Der Radler, das war der Xaver gewesen, der Milchmesser. Waldinger hatte bei Miriam im Stall gestanden, als er ihn zum ersten Mal gesehen hatte. Und was hatte der Mann damals gesagt? »Ich bin mir sicher, dass nicht Wolfgang gemolken hat.«

Auf dem weiteren Weg versuchte Waldinger, Meuse seine Gedanken zu erklären. Doch der schaute ihn nur skeptisch an. »Was macht es heute noch aus, wer gemolken hat?«

»Wenn Wolfgang nicht selber gemolken hat, dann war er vielleicht wirklich hinter dem Wolf her, und jemand hat ihn umgebracht. Vielleicht hat man ihn erst später in der Lagune entsorgt. Dann sind viel mehr Möglichkeiten offen.«

Er klopfte an Schneiders Autofenster, der wieder Stellung bezogen hatte, die Gaffer vom Unglücksort fernhielt und Traudl und die Mädchen vor der Presse schützte.

»Wo wohnt Xaver? Der Milchmesser?«

Schneider schaute überrascht auf. »Ja, ist das etwa der Mörder? Das kann ich nicht glauben, der pflegt daheim seine Frau, die ist schon lange ...«

»Wo wohnt er?«

»In Bezau, direkt unter der Seilbahn.«

Waldinger und Meuse fuhren nach Bezau und klingelten beim Milchkontrolleur. »Mein Name ist Waldinger, wir haben uns schon einmal kurz auf dem Kohlbachhof getroffen.«

»Stimmt, der Kohlbachhof.« Der alte Mann schüttelte schwerfällig den Kopf. »Mit meinen Gedanken bin ich dort.«

»Warum?«

»Ich muss ihn sperren. Die verunreinigte Milch kann nur von dort stammen, aber ich bring es nicht übers Herz. Wie soll ich Miriam und Traudl das beibringen? Das ist der Ruin für den Hof, verstehst du? Und ausgerechnet jetzt, wo man endlich weiß, dass der Wolfgang gesprungen ist, jetzt komme ich mit den nächsten schlechten Nachrichten. Es ist ein Albtraum, ja, das ist es, ein Albtraum.«

»Bist du dir sicher?«, fragte Waldinger.

»Ich kann dir alle Aufzeichnungen zeigen. Nur zwei andere Betriebe, deren Milch in diesem Tank war, haben eine Kuh mit Antibiotika behandelt. Und bei beiden passen die Milchmengen. Auf dem Kohlbachhof leider nicht. Es ist ein Albtraum.« Der alte Mann wirkte ehrlich bekümmert.

»Du glaubst, der Wolfgang hat vergessen, dass er die Milch seiner Lieblingskuh nicht in den Tank schütten darf?«

»Nein! Ich bin mir sicher, dass an diesem Morgen nicht der Wolfgang gemolken hat.«

Sie trennten sich. Meuse fuhr mit dem Papierkram nach Bregenz und Waldinger mit Schokopralinen und Energieriegeln nach Dornbirn. In der Tiefgarage unter dem Krankenhaus fand er einen freien Platz und nahm die Treppe nach oben.

Als Erstes wollte er zu Renate Koch. Vorsichtig klopfte er an die Tür zu ihrem Krankenzimmer, öffnete sie einen Spaltbreit und spähte hinein. Sie saß auf dem Bett und war ganz in ihr Handy vertieft. Er klopfte ein wenig lauter, sie schaute auf und lächelte. »Komm herein. Das freut mich aber.«

Unbeholfen drückte er ihr die Riegel in die Hand. »Schokolade isst du ja keine mehr.«

»Danke, die kommen mir gerade recht.«

»Wie geht's deinem Bein, bist du wirklich drei Wochen im Krankenstand?«

Sie nickte gelassen. »Bis dahin hast du den Mörder sicher gefunden. Wie geht's voran?«

»Ich frag mich, ob der Fundort auch der Tatort ist. Hoffentlich gibt's dazu bald einige Informationen von den Kollegen.«

»Denkst du, er wurde woanders umgebracht?«

Waldinger zuckte mit den Schultern. »Wie geht's Miriam?«

Koch wiegte den Kopf hin und her. »Leider weniger gut als mir. Willst du noch zu ihr?«

»Nur einen kurzen Sprung.«

Kochs Handy piepste. Waldinger sah, wie es sie in den Fingern juckte, sie aber nicht unhöflich sein wollte. Er sah auf seine Armbanduhr. »Dann mach's gut, erhol dich und bis bald im Büro. Welche Zimmernummer hat Miriam denn?«

Er klopfte auch hier sehr behutsam.

»Ja?« Miriam winkte Waldinger zu und verzog den farblosen Mund zu einem vorsichtigen Lächeln. »Komm rein.«

Waldinger ging zu ihr und legte die Pralinen ab, bevor er ihre Hand drückte. Ohne Bauch wirkte sie zerbrechlich wie eine Porzellanpuppe, doch die hatten zumindest rote Wangen. Waldingers Herz zog sich zusammen. Wie konnte er ihr helfen?

»Setz dich doch«, sagte sie leise.

Waldinger zog einen leichten Stuhl heran und setzte sich umständlich. Dieses magere, blasse Ding war Bäuerin und Mutter von vier Kindern. Alleinerziehend. Unvorstellbar.

»Ich gratuliere dir zu deinem Sohn«, sagte er.

»Danke. Die Werte sind besser geworden, er darf morgen mit nach Hause.«

Waldinger bekam Gänsehaut. Unmöglich, dass Miriam wieder auf dem Hof schaffte. Sie brauchte Erholung, Urlaub, freie Tage.

»Bleib doch noch übers Wochenende. Es wird dir guttun.«

»Ich weiß, ich sehe aus wie ein Gespenst, aber ich hab das Schlimmste hinter mir. Ich werde es schaffen, Reinhold. Man kann das Schicksal nicht ändern, aber das Beste daraus machen. Und endlich ist diese Ungewissheit fort. Tausendmal habe ich mir überlegt, ob ich Wolfi verletzt habe, ob ich etwas nicht mitbekommen habe, ob er mich wirklich einfach sitzen gelassen hat. Die absurdesten Gedanken waren in meinem Kopf die lautesten. Es war wie in einem dummen Film. Aber er hat mich nicht freiwillig verlassen. Wolfi hat nur mich geliebt!«

War das die Wirkung der Medikamente, der Stimmungsaufheller oder irgendwelcher anderer Pillen? Waldinger fühlte sich unwohl in diesem Zimmer. Er atmete flach. Er wollte raus, aber war er nicht gerade erst gekommen? Und er musste sie fragen: »Miriam, hast du am Morgen vom Kilbesonntag gemolken?«

Sie schaute ihn mit großen Augen an. »Nein, das weißt du doch. Wie geht es meinen Mädchen und Traudl? Wissen sie es schon?« Sie schnäuzte sich und mühte sich ab, die Worte über die Lippen zu bringen. Es war nur ein tonloses Flüstern. »Dass ihr Papi nie mehr heimkommt?«

Sie verlor endgültig die Fassung und klammerte sich an Waldingers Arm, während die Tränen unter lauten Schluchzern aus ihr herausströmten und der magere Körper sich immer wieder aufbäumte. Entsetzt schaute Waldinger sich um, da entdeckte er den roten Knopf und drückte. Er versuchte, beruhigend auf sie einzureden, erkannte aber bald selbst die Nutzlosigkeit seiner gestammelten Worte. Miriam schien weit weg zu sein.

Waldinger hörte schnelle Schritte durch den Flur hallen. Bitte, komm hier rein. Er wollte die Verantwortung abgeben. Er fühlte sich völlig überfordert. Der junge Arzt war mit wenigen Schritten am Bett und schickte Waldinger hinaus.

Kurz nach siebzehn Uhr fing Waldinger Patrizia ab. Sie kam, mit ihren Freundinnen plaudernd, aus der großen Eingangstür der Schule in Feldkirch. Überrascht blieb sie stehen, als sie Waldinger an eine der großen Eichen gelehnt stehen sah.

»Nolde, du hier?« Sie kam allein auf ihn zu.

»Servus, Patrizia. Agnes hat mir gesagt, wann du heute Schulschluss hast. Du hast sicher gehört, dass Wolfgang gefunden wurde.«

Sie nickte. »Er ist wieder aufgetaucht, sozusagen. Es ist furchtbar, schlimmer als alles, das man sich vorstellen konnte. Es ist einfach …«

Sie ließ ihren Tränen freien Lauf, und Waldinger setzte sie auf eine niedrige Steinmauer. »Diese Geschichte nimmt uns alle mit. Patrizia, ich muss die Nachbarn nochmals befragen und wollte nicht warten, bis du am Samstagnachmittag nach Bizau kommst. Es ist zu wichtig, und du bist vermutlich die Einzige, die morgens um fünf am Kilbesonntag noch wach war.«

»Ich hab ihn nicht gesehen. Ehrlich. Als ich heimgelaufen bin, war kein Mensch unterwegs.«

»Wann genau bist du in der Nähe des Kohlbachhofs vorbeigegangen?«

»Es muss kurz nach fünf gewesen sein. Ich hab beim Verabschieden noch im Spaß zu Smiley gesagt: Es ist fünf, jetzt kann ich ins Bett und gleich schlafen, bis ich daheim bin, ist die Kohlbachhöflerin fertig mit der Rumfahrerei.«

Waldinger fasste sie am Arm. »Sag das noch einmal.«

»Was? Es war kurz nach fünf.«

»Wer fährt rum?«

»Ja, sie kippt doch immer den Mist in die Lagune. Ich wach jeden Sonntag davon auf.«

»Wer fährt am Morgen um fünf mit dem Teleskoplader rum? Und wieso erzählt mir das niemand?«

»Die Bizauer hören es nicht. Sie sind seit Jahren daran gewöhnt. Mir ist es auch erst aufgefallen, seit ich während der Woche in Feldkirch wohne. Die Traudl ist immer pünktlich.«

Traudl ging es nicht gut. Die Gelenke schmerzten, und der Kopf brummte. Die Kinder pausenlos um sich zu haben, war anstrengend und die Fragen dieser Frauen auch. Sie verstanden nicht, dass Traudl nicht reden wollte. Sie verstanden es einfach nicht. Sie schüttelte den Kopf und fuhr vor Schmerz zusammen.

Sie ging kurz in die eigene Küche und nahm einen Schluck Schnaps. Dann lehnte sie sich an die Kühlschranktür und versuchte, sich selber dazu zu überreden, die Kinder ins Bett zu bringen, damit sie sich endlich hinlegen konnte. Sie war zu alt für den Alltag mit drei Kindern. Keine Sekunde Pause war ihr vergönnt.

Besonders Sara war extrem anhänglich und weinerlich. Sie fürchtete wohl, nach dem Papa jetzt auch noch die Mama zu verlieren. Wie konnte man einer Zweijährigen das erklären?

Magdalena hatte keinen Appetit mehr. Sie stocherte nur im Essen herum, und Verena fing an, Lügengeschichten zu verbreiten. Das waren keine harmlosen Übertreibungen mehr. Der kleine Bruder sei gestorben, hatte sie heute Sara erklärt, und die Mama könne darum endlich wieder heimkommen.

Traudl nahm noch einen Schluck aus der Flasche, stellte sie ab und kämpfte sich müde und fix und fertig ins Bad, wo die Kinder gerade die Zähne putzten und sich gegenseitig nass spritzten. Saras Geschrei dröhnte in ihren Ohren. Sollte sie alle drei einfach vor den Fernseher setzen? Irgendwann würden sie einschlafen. Sie schaffte es nicht mehr, die Treppe zu den Kinderzimmern hinaufzusteigen. Sie war fertig.

Freitag, 18. September

Traudl hatte keinen Appetit. Die Mädchen auch nicht. Sie saßen in der Küche und warteten.

»Ich will in die Schule«, sagte Magdalena.

»Auf was warten wir?«, fragte Verena.

»Trinkt noch einen Schluck.«

»Ich hab schon den halben Bodensee getrunken. Ich hab keinen Durst mehr. Ich geh raus zu Jerry.«

»Sitzen bleiben«, sagte Traudl. »Es ist gleich acht.«

»Auf wen warten wir denn die ganze Ewigkeit? Mir tut schon der Popo weh vom blöden Sitzen.«

Traudl schaute entnervt zur Uhr an der Wand. Die Zeiger bewegten sich im Schneckentempo. Sie hörte die Haustür ins Schloss fallen. Endlich kam jemand.

Es war Jerry, der den Kopf hereinstreckte. »Sind die noch nicht da?«

Traudl schüttelte den Kopf.

»Ich wart noch, bis jemand kommt, und dann hol ich eure Mama und den kleinen Bruder heim.«

Sara klatschte in die Hände. »Mama, Mama!«

»Der Bruder ist tot«, sagte Verena.

»Wieso sagst du das?«, fragte Traudl ängstlich.

Wenn nur endlich jemand von dem Krisenteam kommen würde. Sie fühlte sich derart hilflos und überfordert wie noch nie in ihrem Leben.

»Dein Mann ist tot, Arko ist tot, Papa ist tot. Der Bruder ist tot. Alle Männer sind tot.« Traudls Haare auf den Unterarmen stellten sich auf. Verzweifelt schaute sie zu Jerry, der Verena

entsetzt anstarrte. »Wer sagt denn so einen Schmarren?«
»Ich brauche keinen Bruder. Er stirbt eh.«

Waldinger hatte keine gute Nacht hinter sich. Tatsache war, dass Wolfgang tot aufgefunden worden war. Alles andere hingegen war reine Spekulation. Er musste als Erstes wissen, an was Wolfgang gestorben war. War er tatsächlich in der Gülle ertrunken, oder war er dort versenkt worden, nachdem er bereits gestorben war?

Helga hatte heute Frühdienst und kümmerte sich um die Morgentoilette der Bewohner des neuen Wohnhauses neben dem Altersheim. Waldinger fand diese Form des betreuten Wohnens für alleinstehende Personen ideal, doch heute hätte er selber gerne seine Gedanken mit Helga geteilt.

Miriam behauptete nach wie vor, am Kilbesonntag nicht gemolken zu haben. Stimmte das? Oder versuchte sie, irgendjemanden zu schützen? Er wurde nicht schlau aus ihr, aber sie würde keine richtige Vernehmung durchstehen.

Und welche Rolle spielte die alte Traudl? Sie hatte behauptet, am fraglichen Morgen Wolfgang beim Melken gesehen zu haben. Stimmte das? War sie mit ihm in Streit geraten? Aber die alte Frau gegen den jungen Kerl? Gut, er war betrunken gewesen, aber doch viel zu stark und schwer.

Wenn Traudl tatsächlich um fünf Uhr den Mist in die Lagune gekippt hatte und Wolfgang gerade auf dem Heimweg gewesen war, vielleicht hatte sie ihn nicht gesehen und angefahren? Und aus Angst, er könnte tot sein, hatte sie ihn mit dem Mist in die Gülle geworfen? Aber das war absurd. Und wer hätte dann gemolken? Ihre Finger waren zu steif dazu. Zumindest hatte sie das behauptet.

Der Tee zum Frühstück schmeckte Waldinger heute nicht, er goss ihn in die Abwasch und stellte sein Geschirr in die Spülmaschine. Nach einem Blick auf die Uhr schnappte er kurzerhand sein Telefon und rief Meuse an.

»Hast du schon Berichte vorliegen? Haben sie die Obduktion beendet, was sind die Ergebnisse? Und was sagt Willi von der Spusi?«

»Ha, du bist wirklich gut. Guten Morgen, lieber Nolde. Es ist kurz nach sieben, und ich mach mich gerade auf den Weg ins Büro. Aber nein, es liegen bestimmt noch keine Berichte vor.«

»Schau zu, dass sie Gas geben. Ohne neue Informationen sind mir die Hände gebunden.«

»Die wissen nicht mal, nach was sie suchen, und anscheinend ist es am Mittwoch in Bizau sehr spät geworden. Die haben Unmengen Zeugs eingesackt, aber womit sollen sie anfangen? Wär sicher einfacher, wenn du konkrete Fragen hast.«

»Dann tu mir einen Gefallen und klär ab, ob an Wolfgangs Leiche Spuren von Reifenabdrücken zu finden sind.«

»Reifenabdrücke? Fahrerflucht?«

»Nein, Abdrücke von einem groben Profil, vom Teleskoplader möglicherweise. Schau dir das gesamte gesammelte Material durch und sag mir, ob es möglich ist, dass Wolfgang erst angefahren und dann mit dem Teleskoplader über die Absperrgitter hinweg in die Lagune entsorgt worden ist.«

»Wie kommst du auf diese Theorie?«

»Das erklär ich dir später. Am besten schickst du Willi sofort vorbei, der muss mir den Teleskoplader auseinandernehmen, sonst ist es fast unmöglich, an Beweise zu gelangen.«

Als Waldinger auf dem Kohlbachhof klingelte, öffnete ihm eine unbekannte Frau die Tür. Sie trug eine weite Leinenhose, und ihre langen Haare waren silbern durchzogen. Er stellte sich vor und fragte nach Traudl.

»Sie kümmert sich um die Tiere. Sie muss irgendwo draußen auf dem Hof sein.«

»Wie geht es ihr und den Kindern?«

»Ich bin vom Kriseninterventionsteam. Es ist ein Schock für die Familie. Verständlicherweise. Sie brauchen Betreuung.«

»Heute kommt die Mama mit dem Baby heim. Ist das eine gute Idee?«

»Es geht nicht anders. Ihre Kinder brauchen sie. Ich war gestern Nachmittag lange bei ihr. Ich habe mit ihr, den Ärzten und der Hebamme gesprochen. Es ist das Beste, wenn sie heimkommt. Es geht vor allem um die anderen Kinder. Der Vater ist tot und dazu die Ungewissheit, ob die Mama wiederkommt, es wird ihnen zu viel.«

»Schafft Miriam das?«

»Die Hebamme wird sie daheim weiterbegleiten. Heute kommt eine Familienhelferin, die sich um Miriams Arbeit kümmert, sie muss nur da sein, aber dieses Präsentsein finden wir in der momentanen Situation sehr wichtig. Und auch von uns ist jemand zur Stelle und kümmert sich um sie und die Kinder. Es werden harte Tage werden, aber die Zeit heilt …«

»Hoffentlich!« Waldinger machte sich auf die Suche nach Traudl. Er schaute in den Stall, ging um die Maschinenhalle herum und sah Traudl im hintersten Bereich der Obstwiese. Die alte Frau kniete auf dem Boden. Vielleicht sammelte sie Äpfel oder Birnen auf. Jede Menge abgefallenes Obst lag im Gras und wurde von Wespen umschwärmt. Vorsichtig ging Waldinger auf Traudl zu. Erst als er direkt hinter ihr stand, erkannte er, dass sie eine Art Grab pflegte. Ein einfaches Holzkreuz steckte in der Erde. Ein paar helle faustgroße Steine bildeten einen Kreis drum herum. Traudl hatte ein Marmeladenglas mit drei roten Dahlien vor das Kreuz gestellt. Um die Finger der linken Hand hatte sie einen Rosenkranz gewickelt.

Waldinger räusperte sich, und Traudl schaute zu ihm auf. Ihre Augen waren milchig und klein, die Falten im Gesicht tiefer denn je. Sie blieb knien, und Waldinger ging neben ihr in die Hocke. Er machte das Kreuzzeichen und faltete seine Hände.

»Servus, Traudl.«

»Nicht mal hier hab ich meine Ruhe. So viele Menschen, so viele Fragen. Ich brauch Ruhe, sonst nichts.«

Waldinger beobachtete eine Fliege, die sich auf einem verfaulten Apfel niederließ.

Traudl wischte eine Träne aus dem Gesicht. »Mein geliebter Arko. Er war der beste Hund, den man sich vorstellen kann. Mein einziger treuer Freund, und man hat ihn mir einfach genommen.«

Waldinger legte eine Hand auf die zitternde Schulter. »Was ist passiert?«

»Der Hubertus, der verdammte Hühnerbaron, hat erzählt, mein Arko habe in Hinteregg ein Reh gerissen. Dann hat der Jagdaufseher Anton ihn hinterrücks erschossen. Es war eine Lüge. Der Arko hat keiner Fliege etwas zuleide getan. Der Hubertus hat das nur behauptet, weil er mich nicht ausstehen kann. Und der Anton schießt auf alles, was vier Beine hat.«

»Was hat der Hubertus gegen dich?«

»Er hatte nie ertragen, dass ich den Kohlbachhof Jahr für Jahr vergrößern konnte. Ich habe sparsam gelebt. Dem Hubertus wäre es am liebsten, wenn das ganze Dorf ihm gehören würde. Er versucht es immer wieder. Er will meinen Grund und Boden haben. Und das lasse ich nicht zu. Nur über meine Leiche.«

»Nur über Wolfgangs Leiche«, warf Waldinger ein.

»Er wollte den Hof verkaufen und mein geliebtes Hinteregg. Der Hubertus hatte ihm eine Million geboten. Das hat er mir unter die Nase gerieben, als ich den Mist in die Lagune kippen wollte.«

»Und deshalb musste er sterben?«

Sie stemmte sich mühsam hoch. Waldinger versuchte, ihr zu helfen, doch sie lehnte seine Hand ab. Mit langsamen Handbewegungen säuberte sie ihren Rock und schlurfte davon.

»Arko war mein bester Freund. Ich werde ihn nie vergessen.«

Fassungslos starrte Waldinger ihr hinterher. War es möglich, dass diese alte, kranke Frau den kräftigen Bauern auf dem Gewissen hatte? War sie überhaupt noch klar im Kopf? Inwieweit konnte er ihre Worte ernst nehmen?

Bald würde Miriam nach Hause kommen. Konnte er sie mit seinem Wissen, mit Traudls Worten konfrontieren? Er schüttelte vehement den Kopf. Auf keinen Fall! Miriam brauchte jede Unterstützung, die sie bekommen konnte. Und die Mädchen? Erst verschwand der Papa, dann war die Mama fort, und dann müssten sie sich auch noch von Traudl trennen? Es würde alle überfordern. Was sollte er tun?

Irgendwo krähte ein Hahn. Waldinger sah einen Raubvogel, der über die Felder flog und nach Beute Ausschau hielt. Ein Hühnervogel, so nannten dic Leute im Bregenzerwald ihn. Das war das Stichwort. Der Hühnerbauer. Waldinger lief quer über die Felder direkt zum Hof von Hubertus.

Für Bizauer Verhältnisse war die Hofstelle großzügig angelegt. Hubertus hatte nicht nur an die zweihundert Hühner, sondern vor allem einen modernen Laufstall mit fünfundzwanzig prächtigen Milchkühen und jeder Menge Jungvieh. Er zählte zu den bedeutendsten Züchtern im Dorf. Sein Stier »Adam« war in der ganzen Region gefragt.

Vor dem Heustadel stand ein mit Strohballen beladener Lastwagen. Der Fahrer war gerade dabei, die Spanngurte zusammenzurollen.

»Servus«, grüßte Waldinger. »Wo ist Hubertus?«

»Der holt den Frontlader. Er ist hinter dem Schopf.«

Waldinger ging hinter den Heustadel und sah Hubertus, der gerade den Traktor startete. Vermutlich wollte er die Strohballen abladen, doch als er Waldinger sah, stellte er den Motor ab und stieg aus.

»Servus, Hubertus, wofür brauchst du so viel Stroh?«

»Servus, Reinhold. Ich will, dass meine Tiere gesund bleiben. Sauberkeit auf dem Hof ist das Wichtigste.«

Waldinger drückte seine Hand, und Hubertus fragte: »Stimmt es, dass der Wolfgang in der Gülle ertrunken ist?«

»Ja, sieht so aus, und ich muss dir ein paar Fragen stellen.«

»Ich hab doch schon gesagt, dass ich ihn am Samstag beim Heuen zuletzt auf dem Feld getroffen habe. Mehr weiß ich wirklich nicht. Und ich hatte keine Probleme mit dem Wolfgang, da bist du bei mir an der falschen Adresse.«

»Aber du hast Interesse am Kohlbachhof?«

Hubertus fuhr sich mit der Hand über die Glatze und schwieg.

»Warum kannst du Traudl nicht ausstehen?«

Jetzt lachte er. »Da musst du schon umgekehrt fragen. Ich versteh ja selber nicht, was die gegen mich hat.«

»Du hast ihren Hund erschießen lassen.«

»Der Anton hat ihren Hund abgeknallt. Der Jagdaufseher hat ihn beim Wildern erwischt. Damit hab ich nichts zu tun.«

»Sie ist der Meinung, dass du den Hund beim Anton angeschwärzt hast.«

»Das erklärt ja vieles. Hat der Sauhund der armen Frau weisgemacht, ich wär am Tod des Hundes schuld. Das glaub ich sofort.«

»Aber was ist mit der Million?«

Hubertus sah wirklich verblüfft aus. »Welche Million?«

»Du hast dem Wolfgang ein Angebot gemacht. Eine Million für den Hof und Hinteregg.«

»Wie kommst du da drauf? Damals, als der Wolf zum ersten Mal in der Gegend aufgetaucht ist, habe ich zu Wolfgang gesagt, ich würde ihm Hinteregg abkaufen, wenn er sich nicht mehr traut, seine Schafe raufzutreiben. Das war alles.«

»Für eine Million?«

»Reinhold, das war ein Stammtischgespräch. Für eine Milli hab ich gesagt, nehm ich den Hof und die Traudl noch mit dazu. Er hat gelacht. Wir hatten unseren Spaß.«

Als Waldinger wieder zurück zum Kohlbachhof kam, bog Willi in die Einfahrt. Waldinger wartete, bis er ausgestiegen war.

»Du bist schon da. Bestens.«

»Ich hoffe, nicht grundlos.« Willi blickte mürrisch um sich. »Wir haben vorgestern die halbe Nacht den Hof durchgeackert. Was suchst du denn noch?«

»Es liegt an dir, ob ich Traudl etwas nachweisen kann.«

»Verarschen kann ich mich selbst«, knurrte Willi. »Um was geht es hier, und wo ist der Teleskoplader, von dem Meuse geredet hat?«

Waldinger schickte Willi mit seinem Koffer in die Maschinenhalle. Auf der Zufahrtsstraße erkannte er Jerrys Golf. Vermutlich hatte er Miriam abgeholt, da war es besser, wenn sie nicht als Erstes der Spurensicherung über den Weg lief. Noch bevor Jerry den Motor abstellte, öffnete sich hinter Waldinger die Haustür, und Traudl kam mit den drei Mädchen heraus. Alle trugen saubere Kleider und hatten liebevoll gemachte Frisuren. Jede trug in der Hand eine Sonnenblume, selbst Traudl. Die Frau vom Krisenteam war im Haus geblieben. Waldinger ging um die Ecke in den Garten und beobachtete die Szene aus dem Hintergrund.

Miriam öffnete die Tür auf der Beifahrerseite. Jerry blieb im Auto sitzen. Beinahe schüchtern starrten die Mädchen ein paar Sekunden auf ihre Mutter. Miriam ging auf sie zu und breitete die Arme aus. Wortlos rannten die Kinder in ihre offenen Arme. Jetzt erst wurde es laut: »Mama, Mami, Mama!«

»Meine Lieben. Ich hab euch so vermisst!« Miriam ging in die Knie, und die Mädchen pressten sich und die Blumen an Miriam. Sie versuchte, allen gleichzeitig über den Kopf zu streicheln, und sagte: »So schön, endlich wieder zu Hause zu sein.«

Magdalena ging einen Schritt zurück und musterte das Auto, in dem Jerry saß. »Ist der Bruder wirklich tot?«

»Was? Er schläft im Auto. Wollt ihr ihn sehen?«

»Ja! Wie heißt er denn?« Verena war Feuer und Flamme. »Ich hab einen kleinen Bruder, einen kleinen Bruder.«

Miriam schnallte den Kindersitz ab und trug den schlafenden Knirps mit dem Sitz auf die Bank vor dem Haus. Traudl rutschte zur Seite und hielt Miriam ihre Blume hin. »Ich gratuliere dir und schön, dass du wieder da bist.«

Gerührt nahm Miriam alle Blumen entgegen und legte sie dann vor die Haustür. »Das ist euer kleiner Bruder. Ich werde ihn Peter nennen. Nach meinem Papa, nach eurem Opa.«

Da rief Verena: »Vom Peter haben wir im Kindi eine Geschichte gehört. Die war cool, und die heißt Peter und der Wolf!«

8 Monate später

Waldinger hatte den Freitagnachmittag freigenommen, um mit Helga in aller Ruhe einen Muttertagsausflug zu machen. Am Sonntag würde es mit allen Kindern, Schwiegerkindern und Enkeln rundgehen. So hatten sie diesen Nachmittag für sich reserviert. Gemütlich fuhren sie über das Bödele.

»Ich bin ganz froh«, sagte Helga »dass Jerry nach diesem Winter in Lech wieder bei Kathrin eingezogen ist. Es tut doch gut zu wissen, dass sie mit Finn nicht ganz allein ist.«

»Da hast du recht. Er ist ein kommoder Kerl, ich hatte ihn anfangs falsch eingeschätzt.«

»Sagst du mir jetzt endlich, wohin wir fahren?«, fragte Helga.

»Es soll eine Überraschung sein.« Waldinger lächelte geheimnisvoll.

Eine Stunde später spazierte er mit Helga an einem Zaun entlang. Beide blieben stehen und schauten fasziniert zu, wie der Pfau seine Federn präsentierte.

»Wirklich ein schöner Fleck«, sagte Helga.

»Ja, seit ich zum ersten Mal hier war, wollte ich dir den Chrüzhof zeigen. Gehen wir auf die Terrasse. Ich würd gern mit Frau Thöni ein paar Worte wechseln.«

»Geh nur, ich möchte mich erst umschauen, du findest mich in dem hübschen Lädeli. Lass mir doch ein paar Franken da.«

»Such dir was Schönes aus, übermorgen ist Muttertag.« Waldinger lächelte und gab Helga seine Geldtasche. Dann setzte er sich auf die sonnenbeschienene Terrasse. Heute war es ruhig. Bienen summten durch die Luft, und eine Katzenmutter lag im Schatten unter einem Biertisch und hielt ihre drei kleinen Tigerle im Auge.

»Grüezi, willkommen bei uns!« Frau Thöni trug eine schwarze Bluse über dem langen Rock. Ihre dunklen Haare waren von grauen Strähnen durchzogen.

Waldinger stand auf und gab ihr die Hand. »Wir haben uns nie persönlich kennengelernt. Reinhold Waldinger. Ich habe im Herbst die Ermittlungen um Wolfgang geleitet. Es tut mir so leid, dass die Geschichte nicht anders ausgegangen ist.«

Sie nickte und strich den dunklen Rock glatt, bevor sie sich setzte.

»Wie geht es euch?«, fragte Waldinger.

Die Frau wischte sich eine kleine Träne aus dem Augenwinkel. »Es ist sehr schwer zu ertragen, doch wir sind es gewöhnt, nach vorne zu schauen. Und so furchtbar es ist, dass wir unseren Wölli verloren haben, müssen wir doch dankbar sein. Er hat uns fünf wundervolle Enkel geschenkt.«

»Florina ist oft bei euch, oder?«

»Florina ist hier zu Hause. Es ist eine Freude für uns alle, dass sie ihre Zeit so gerne bei uns verbringt. In den Weihnachtsferien waren zum ersten Mal auch Magdalena und Verena bei uns in den Ferien. Mein Mann und Florina haben ihnen das Schifahren beigebracht.«

»Sind sie ohne Miriam hiergeblieben?«

Frau Thöni nickte.

»Nach der Beerdigung habe ich sie jeden Donnerstagnachmittag besucht. An Wölli kann ich nichts mehr gutmachen, aber an Miriam und den Kindern. Ich frag mich oft, was falsch gelaufen ist. Nach dieser Schleppergeschichte damals hatte er den Hof im Streit verlassen. Ich hab gedacht, das legt sich wieder. Doch die Jahre sind so schnell vergangen. Nur zu den Tauffeiern seiner Kinder hat er uns jedes Mal eingeladen. Vielleicht hätte ich mehr Initiative zeigen sollen, aber er war so kurz angebunden und unwirsch. Gar nicht er selber, wenn wir in der Nähe waren. Er konnte uns nicht verzeihen. Leider. Darf ich dir etwas zum Trinken bringen?«

»Nein danke, aber erzähl mir noch ein wenig mehr. Miriam hat den Hof behalten, kennst du ihre Pläne?«

»Der Winter war eine Zeit der Trauer für uns alle. Doch es war auch eine schöne Erfahrung. Wir sind uns nähergekommen, wir konnten reden, mein Bub hatte es gut getroffen. Er hatte eine Familie, die er von Herzen liebte, und gut im Dorf Anschluss gefunden. Er war auf dem richtigen Weg gewesen. Es tat so gut, das zu hören.«

Waldinger nickte, und Frau Thöni fuhr fort: »Mit dem Frühling begann sie, Pläne zu schmieden. Ihr Vater ist in Rente gekommen, er baut jetzt ihren Hof um. Sie hat eingesehen, dass sie Hilfe braucht, und gelernt, sie anzunehmen. Sie und ihre Eltern versuchen gerade, das hinzubekommen, was wir mit Wölli verbockt haben. Ihr Umgang ist distanziert, doch es wird von Woche zu Woche weniger hölzern, habe ich das Gefühl. Im oberen Stockwerk baut sie alles zu Ferienwohnungen um, sie möchte Ferien auf dem Bauernhof anbieten. Die Nachfrage ist groß, und sie kann mit relativ wenig Aufwand daheim gutes Geld verdienen. Wir haben zugesagt, ihr mit der Errichtung eines kleinen Streichelzoos zu helfen. Die Kühe hat sie verkauft; nachdem sie die Milch wegen dieser Antibiotikageschichte nicht mehr abliefern konnte, war es die einzige Möglichkeit. Und auch die Maschinen ist sie gut losgeworden. Die Wiesen hat sie verpachten können, und für die Hütte in Hinteregg hat sie unzählige Pachtangebote vorliegen. Hütten in den Bergen sind rar und heiß begehrt. Da kann sie einen guten Preis verlangen.«

»Dann kommt sie finanziell über die Runden?«

Die Frau nickte. »Auch mit ihrer Mutter kommt sie wieder besser klar. Sie wird ihr jeden Samstag die Kinder abnehmen, damit Miriam die Wohnungen putzen und den Einkauf erledigen kann. Sie schaut auch sonst ab und zu vorbei, und Miriam nutzt die Zeit gerne, um allein oder mit einem Kind zusammen das Grab zu pflegen. Und dann gibt es noch diese nette Nachbarin, Agnes. Magdalena besucht sie fast täglich, macht oft dort ihre Hausaufgaben und lernt von ihr gerade das Häkeln. Sie ist gerne dort, es tut ihr so gut und ist auch eine Entlastung für Miri. Als ich Miriam bei der Beerdigung gesehen habe, habe ich es nicht für möglich gehalten, aber so schmal und zart sie auch ist, ihre innere Kraft ist enorm.«

Als Waldinger auf dem Heimweg mit dem Auto durch Dornbirn fuhr, zeigte er auf das Hinweisschild »Inatura«. »Da will ich mit Lorenz mal hin. Der ausgestopfte Wolfskopf hängt anscheinend direkt beim Eingang. Das möchte ich sehen.«

Helga nickte. »Da komm ich mit, obwohl mir lebendige Tiere doch lieber sind. Wie gehst es eigentlich Anton, ich will Jerry nicht danach fragen. Kathrin sagt, mit seinen Beziehungen zur Landesregierung sei er mit einem blauen Auge davongekommen?«

»Seinen Job ist er los, die Jagdlizenz auch, und anscheinend hat er eine empfindliche Geldbuße für einen Verein zahlen müssen, der wilde Tiere schützt. Besonders glimpflich finde ich das nicht. Sein Geständnis hat ihm nicht viel genützt, aber immerhin hat er zugegeben, dass er der Wolfsmörder war. Anders als Traudl. Sie hat Wolfgang umgebracht, aber die Beweise reichen nicht für eine Gerichtsverhandlung. Sie kann nicht zur Rechenschaft gezogen werden, das wurmt mich schon. Wir konnten zwar die Reifenspuren auf Wolfgangs Körper erkennen, aber genützt hat es nichts. Natürlich sind ihre Fingerabdrücke in dem verdammten Teleskoplader. Das ist kein Beweis! Und jetzt sitzt sie in einer dieser schönen neuen Wohnungen, lässt sich von dir betreuen und lacht sich ins Fäustchen.«

»Nein, nein, Nolde. Sie hat nichts zu lachen. Natürlich sorgen wir gut für sie, aber ihre Gedanken machen ihr das Leben schwer. Ihre Demenzerkrankung wird von Woche zu Woche schlimmer. Das ist wohl ihre einzige Lösung, mit dieser Schuld umzugehen. Unbewusst sucht sie Erlösung im Vergessen. Gestern konnte sie das Vaterunser nicht mehr.«

Im Unterdorf lenkte Waldinger das Auto in Richtung Sonnenstraße. Bald kam der Kohlbachhof in Sicht. »Ich freu mich besonders für die Mädchen, dass es ihnen schon wieder so gut geht. Wenn ich mir die beiden mit dem Schweizer Opa beim Schifahren vorstelle, das gefällt mir. Und Magdalena habe im Semesterzeugnis nur gute Noten gehabt, sagt ihre Grossi. Am besten aber gefällt mir, dass Verena so gerne in den Kindergarten geht und jetzt Lorenz' beste Freundin ist. Von der kann er sich noch eine Scheibe Temperament abschneiden!«

Der Kohlbachhof wurde von der Abendsonne angestrahlt. Die neu gestrichene Stallmauer leuchtete im Abendschein, darunter konnte man die damals aufgesprühten Buchstaben nur noch erahnen. Waldinger fuhr langsam vorbei und sagte nachdenklich: »Heute vor einem Jahr ist der Wolf zum ersten Mal im Bregenzerwald aufgetaucht. Die Sprayer damals hatten das falsche Wort aufgesprüht. Denn hier wohnte niemals ein Wolfsmörder, sondern: ›Wolfs Mörderin‹«.

Daniela Alge

Kathrinatag

Waldingers erster Fall

Die 17-jährige Schülerin Judith feiert mit Freunden Kathrinatag. Am folgenden Morgen liegt sie lebensgefährlich verletzt am kalten Straßenrand. Der Kripo-Beamte Waldinger muss in seinem Heimatdorf ermitteln, und dort sind sich alle einig: Der Täter war keiner von uns, das muss ein Auswärtiger gewesen sein.

ISBN 978-3-902784-35-3
www.federfrei.at

Daniela Alge

Fehltritt mit Folgen

Waldingers zweiter Fall

Der bekannte Bizauer Künstler Sepp liegt tot unterhalb des Hirschberg-Grates. Mordverdacht keimt auf und Reinhold Waldinger übernimmt die Ermittlungen. Seine Nachforschungen entblößen einen Mann mit vielen Gesichtern und somit auch etliche Tatverdächtige, die von seinem Tod profitieren könnten

ISBN 978-3-902784-43-8
www.federfrei.at

Verlag federfrei - Krimi

Hans Christ
Mörderkirtag

Im beschaulichen Pongauer Kurort Bad Höfstein findet der jährliche Kirtag statt. Zeitgleich entdeckt ein Schwammerlsucher im nahegelegenen Wald die Leiche des reichen Steinbruchbesitzers Federmayer. Federmayer. Postenkommandant Distl ermittelt auf seine ihm typische mürrische und gemütliche Weise. Sehr zum Missfallen seiner Kollegen.

ISBN: 978-3-902784-64-3

www.federfrei.at

Lore Macho
Tödlicher Reichtum

In Klein Schiessling soll ein Waldstück an den Steinbruchbesitzer Giselbert Knaller abgetreten werden. Um dieses Ziel zu erreichen, linken die Gemeindevertreter die Dorfbewohner. Dies trägt allerdings zur Entzweiung der Bevölkerung von Klein Schiessling bei. In dieser aufgeheizten Atmosphäre fi nden zwei Wanderer eine männliche Leiche im Wald.

ISBN: 978-3-902784-53-7

www.federfrei.at

annung aus Österreich

Thomas Himmelbauer
Tod bei Güssing

Nermin Said, ein ägyptischer Investor, wird in der Nähe von Güssing erschossen aufgefunden. Neben ihm liegt der leblose Körper einer jungen Frau. Warum musste Said sterben? Wer feuerte drei Kugeln auf ihn ab? Handelt es sich um einen Terroranschlag?
Anton Geigensauer ermittelt wieder im Südburgenland.

ISBN: 978-3-902784-62-9

www.federfrei.at

Max Oban
Das fünfte Kreuz

Ein toter Physikprofessor in der Toilette eines Regionalzugs und am Tag darauf eine Leiche in der Universitätsbibliothek Salzburg. Zwei Morde, die scheinbar nichts miteinander zu tun haben, wenn nicht in beiden Leichen ein rätselhafter Dolch steckte. Paul Peck nimmt die Suche nach dem Mörder auf und entdeckt eine geheimnisvolle, vergilbte Fotografie, die ihn weit zurück in die Vergangenheit führt..

ISBN: 978-3-902784-55-1

www.federfrei.at